如一果一深一情一与一戏一不一曾一老一去

如果

深情与戏

不曾老去

顾素玄 著

RUGUO
SHENQING YU XI
BUCENG LAO QU

时代出版传媒股份有限公司

安徽文艺出版社

图书在版编目（ＣＩＰ）数据

如果深情与戏不曾老去 / 顾素玄著 . —合肥：安徽文艺出版社, 2017.
ISBN 978-7-5396-5910-7

Ⅰ．①如… Ⅱ．①顾… Ⅲ．①散文集－中国－当代
Ⅳ．① I267

中国版本图书馆 CIP 数据核字（2016）第 258661 号

出 版 人：朱寒冬
责任编辑：姜婧婧　　柯　谐　　　　装帧设计：金刚创意

出版发行：时代出版传媒股份有限公司　www.press-mart.com
　　　　　安徽文艺出版社　www.awpub.com
地　　址：合肥市翡翠路 1118 号　　邮政编码：230071
营 销 部：(0551)63533889
印　　制：三河市兴达印务有限公司　　　(0316)3515999

开本：889×1194　1/32　印张：8　字数：200 千字
版次：2017 年 3 月第 1 版　2017 年 3 月第 1 次印刷
定价：35.00 元

I

岁月
是一场漫长的遇见

温柔，兴许是夜里静默的凉风，带了些微雨滴落在庭前。天色将清的时候，阳光亦晨起，洒在未曾渍干的水上，和积水一起成为两道新鲜的影子，干净地相拥。

我时常被一些寻常而纤小的景吸引，力图从中觅掘到更为深浓的心意与用情。又或者，是随着一些旧念，落入无声的时光，不与人寒暄，内心隐着一种笃定和明朗。

在母亲的回忆里，她的儿时是丰盈的。

那个时候，常有戏班子来演出。戏台就搭在离母亲家不远的小学空地上，老老少少吃过了晚饭都搬来小凳依次在台下排好。做这些准备工作时，天边还残留着一抹夕阳的背影，彤彤黄黄，将要落了山坡去。

母亲说，她会偷偷跑到用帘幕隔着的后台看演员们上妆。戏伶的妆容本就复杂又好看，对于孩子来说有着无限的奇妙之感。粉墨厚重色妍，每看一次都有种如在戏中的错觉。

戏上演时，夜色已然降临。舞台两侧挂着灯，京胡月琴呜呜啦啦奏响在一旁，演员的每个身姿皆摇曳有味。夏季的乡间虫鸣聒耳，清风徐来。此处热闹不似入夜。

后来我暑假回去，再未有戏班来搭台唱戏。我在光盘里，在电视中，甚至到戏院都听过戏，却永远也还原不出母亲扒着戏台看戏的那种滋味。那样的民间，随性，具有生生不息的力量。

那个时候，曾祖母的老屋前还有一棵核桃树，碧碧油油的叶子长得真是好，蕃茂籽实，荫荫如伞。母亲说，她常常爬到树上去摘核桃吃。新鲜野嫩的核桃，有乡间独有的清宁与天然。我简直不能想象，话语温柔的母亲也曾有过爬树摘果这样的行为，但不知为何，想象那幅画面时，竟丝毫没有违和感，只觉得有股孩童特有的野劲和活力。

后来我回母亲的老家，核桃树已被砍了去，那栋老屋亦未曾得见。天空还是一样蓝，田畔的草不知天时地茁长着。

倏然间只觉时光过境不是虚言。

我很爱听这些衣食住行家常小事，就如同不知缘何会爱上所有老旧的物事，动人的情衷。

这琐琐碎碎密密匝匝，仿若豆棚瓜架上的累累秋实，摆置于人眼前，是那般可触可碰的真切。谙晓俗世安好，日子细微处的安度，便会觉得稳妥瓷实，未有过多的需索与盛大的期盼。

大抵，易对天地间的平凡祥和、勃勃人气感到餍足，有着几许对物对己的自知之明。

对于老戏的执念，自己也不知是何时生根发芽。

这样一种朦胧不清却有美的情感，有时会疑惑不知如何去定义，总觉有一丝的无可无不可。因着难言，一意孤行地认为怎样都能成为好，似有露红烟绿栽种在胸臆间，看它抽芽滋生，有无限种蓓茁的可能。

于戏，我是外行。一分专业，两分欢喜，余下的七分，全靠用情。

透过戏台去看这世间，转折一个角度，便会发现不一样的风景。总是感激那被打动时的粲然一笑，那惯常之下却能变幻出惊喜的妙意。每一次，都会觉得生命好生慷慨。

在戏声嘈嘈里，解开生命的结。慢慢知晓，一切都在静止里起生息，不必焦急亦不必莽撞，从容地将每一场人世相逢细细解读。

这样的坦然与不苛刻，带给心从未有过的顺软。

杜子美曾有诗言：但愿无事常相见。

相见是什么呢？它一定关于人生中不可失缺的情愫，喜好，经历，以及感悟，让人每每念及，都有无限爱悦在心头。未必是暮暮朝朝，可一刻心动却已足够回味一生。

赏花，听戏，读书，闲情和遐思，还有……怀念。若有教人深眷不已的，想必是那一湾风情与智慧，是美心隐动的清晨林间一只鸟的飞梭，衔信为山月，殷勤至黄昏。沉默而又深情。

写下这些碎言闲语，只是想让它们在一水袖、一云帛中去遍赏流光，揣着描翠戴翎时天真的初心，看事看物都存了好意在心头。素己明心，坦诚相待，愿意它是亲切，是善意，感动处能叫人不落泪反而笑若春花。

把生命里的叨扰及喧杂皆沉落，如投石入水。一时间繁华尽了，余下满室清声。

此时迎窗风来，花月交光，感受到生活庸碌中那不可遮瞒的温雅与贞静。

时光那样美。

若你暂居荫翳，或许，只是那场与阳光的约定它还未来得及赴。如青雾纷霭之中未至的花期。

目录

京·梨韵留声

《梅妃》 几生修得到梅花 ……003

《白蛇传》 风雨湖心醉一回 ……013

《秦香莲》 破镜不曾望重圆 ……023

《游龙戏凤》 不该斜插海棠花 ……031

《霸王别姬》 妾愿得生坟土上 ……041

《玉堂春》 休为身世人悲伤 ……049

《红鬃烈马》 岂知由人不由天 ……056

《锁麟囊》 回首繁华如梦渺 ……065

《霍小玉》 为郎憔悴却羞郎 ……074

越·隔帘写意

《孔雀东南飞》 生死同心当共逝　087

《玉蜻蜓》 人生在世若浮云　095

《沉香扇》 牛郎织女鹊桥会　105

《柳毅传书》 沧桑易改情难变　116

《碧玉簪》 莫记前仇莫记冤　126

《陆游与唐婉》 沈园偏多无情柳　136

《杜十娘》 山盟海誓尽虚假　145

《救风尘》 莫学弱者空泪涟　154

《追鱼》 情字能别人与妖　161

昆·曲水磨色

《玉簪记》 弦上心事谁能识   173

《烂柯山》 只有残灯零碎月   181

《思凡》 光阴易过催人老   190

《绣襦记》 归来火定莲花落   194

《风筝误》 好事从来由错误   201

《白罗衫》 风里雨前一盏灯   209

《荆钗记》 佩珠鸾鸣不漫夸   217

《占花魁》 从今收拾闲留恋   225

《墙头马上》 隔墙传诗抛红豆   234

京·梨韵留声

《梅妃》
几生修得到梅花

听宣呼惊动了宫树栖鸦，因此上冒
轻寒快移莲驾，经上林又只见香雾笼花；
来到了上阳宫盈门车马，我只得忍娇羞
叩见天家。

读到宋时张道洽诗："描来月地前生瘦，吹落风檐到死香。"写
梅最是罗罗清疏，水痕香瘦，寡独之中谢尽秾华。情述里酝酿着生
命几多真意。

寒冷的天，道路旁有花农担着梅枝售贩。我无意路过，嗅得香
美隽好，于是挑选柯骨清奇的几枝，带回家。

人世间的买卖，卖衣与买衣，卖书与买书，卖酒与买酒，都隐
约有种俗气在。唯独卖花与买花没有。他卖的，是天地间朗朗一脉
香；你买的，是难敛的影缦骄矜喜不自禁。一番清淡如水的君子往来。

且花并非买来就可闲置一处的，你要怜它赏它，护它爱它，要展开一卷心思，谦逊又深恋地供养。

梅，是单枝插瓶中最见姿态的。

剪枝插瓶的花，没有根须，不像依傍着泥土而生长的植株有着朝暮开合，枯荣更替。它的新生太短，一休憩便是辞世。因而所有盛大的美都要在极紧凑的时间里于泓泓清水中饱绽。若不能于此间挽固住一个眼神，便只能寂寥死去，永无纪念。

梅花则是有着得天独厚的姣好优势。它枝丫瘤劲却又不干瘪，贫瘠而不致肤浅，无法复述的神秘与遗世。花亦美，香亦幽浓，绛红为丹，梨白作雪，稀星跌落于情丝如织间。恩爱，澹泊。而嗅味之清绝，千秋万世以"暗香"标赞，两字里抒尽风雅。

找来透净的玻璃瓶，将买来的梅枝翼翼放入。我呵护爱绻，常常为它换水，时而阳光温厚，安坐其侧吟读秀丽词句。相伴的好，只有置身其中才能懂。

只是光阴无常，花终圆寂。

凋萎时，一瓣一瓣失坠地辞谢在案几之上。不能掸落，怕疼了一腔情怀。要合集清扫，抑或束拢存放。心思深些的，便立丘堆垄，兑泪安葬。譬如一抔净土掩风流，千古纤敏林黛玉。

荏苒来去，世间芜杂，爱花之人何其多，难得的，却是一个"最"字。

今日要听的这出戏里的她，未必是最爱花的那一个，但大抵能算得上最爱梅的那一个。

她在家时的闺名唤作采苹，清雅诗秀，却不是江南人，而出生在闽地莆田。父亲江仲逊是当地儒医，教出的女儿自然也是书香知礼。

这些过往，是从史书中读得的。戏里只粗略一提，因为不重要，不论她之前身份如何，重要的是，现在她成为了唐明皇李隆基的妃子。

高力士奉使闽粤，李隆基嘱他暗中留意，倘有绝色女子，即选来进奉。美貌的江采苹便这样被采选入了宫。

她的第一次出场，是在皇帝于上阳宫举行的家宴上，他存了炫耀之心，将几个王爷弟弟聚集，想向他们显示自己新得的美人是怎样绝世无双。

她自是不知情的，晓妆初罢，来时的路上还有些好奇和羞意：

（西皮散板）听宣呼惊动了宫树栖鸦，

　　　　　　因此上冒轻寒快移莲驾，

　　　　　　经上林又只见香雾笼花；

　　　　　　来到了上阳宫盈门车马，

　　　　　　我只得忍娇羞叩见天家。

江采苹叩拜皇帝，依命见过诸王，李隆基心情大好。他显然是喜爱她的，只是这喜爱有些像赏玩奇珍异宝，恨不得戴着，向所有人展示。主人愉悦了，看客被取悦了，唯独，顾不上她的心情。

他心中欢乐，便愈发随心所欲，命江采苹向诸王敬酒。这种行径，其实有些纨绔子弟唤姬妾宴客的做派，虽非有意，却多少有点无心的折辱的恶。她倒也没说什么，领旨照做，只是从宫女那儿取酒后，还是忍不住唱了一句："亲把琼杯和玉斗，为承宠命不知羞。"

这一句，是唱给自己的，讽刺和嘲笑都是给自己的。"不知羞"三个字很重，尤其是对一个自小习礼、端庄规矩的女子而言，几乎是在不留余地地质问自己的尊严。但也是她给自己的警告，这已达底线，不可再被逾越。

宁王、岐王、申王的酒都敬得很顺利，行至汉王面前时，他却没有依礼而起，还暗牵采苹衣，足践采苹足。太轻浮的举止，远远越过她的底线去了，她本应当场发作的。可是却想着，"本当面向君王奏，又怕同根起怨仇"，只是搁下酒壶，回身离去，不置一词。

她是一心一意在为那个高高在上的男人着想，却不知这样的行径落在一个君王的眼睛里是怎般骄纵和放肆。他让高力士去叫她，只说他还要饮酒，让她必来。片刻后高力士回禀，娘娘因珠履脱缀，不能上殿侍酒了。他还是不罢休，因为不相信一个妃子敢这般回绝他，于是坚持自己去唤，让诸王等候。

这件事，其实已初见端倪了。只不过她初初入宫，又深得宠爱，说自己身乏体累，再添几句软语便能释了他的怨怒。她终究没有再回殿，连着他也没回去，反而留下照顾她。

亏得是天时地利，如果再加上她那尚未被厌倦的容貌及才华的话，堪堪也能算上人和。

别的且不论，最受宠时倒处处都有他的深情。

江南驿使抬了同心梅、珠梅数株来进贡，庾岭驿使选得紫蒂梅、绿英梅数种来献上，不惜钱财时力，只因她性素爱梅。喜她的时候，连她的一点小爱好看进眼里都是百千万个好，要把东京、上林的各种梅花皆移栽宫中，还亲自题了名，叫作梅亭。

他带她同游梅林，备宴梅亭，看那花开似锦，亦不如她佳人疏影。

只有最深爱之时，才说得出"梅花逊你三分白"这样的话来，"梅妃"一名也是藏在心底脱口便有的，都不用费尽心机，爱到深处便是真，从不依靠虚情假意的编织。

她说，侍君王常愿得岁岁长生。她的爱里，不自觉就带上几分感激，就因为他是君王。似乎得了君王的爱，就应该感激，生生把自己看得低了。

但她不在意。惊鸿舞起，一是因他爱看，二是因她欢喜。

（江采苹起鼓舞）

（西皮快板）则学那竦身躯素袜扬尘。

忽腾空好比那鹤翔天回，

忽俯地好比那鸥掠波平，

忽斜行好比那燕迎风迅，

忽侧转好比那鹊落云横；

浑不是初眠柳临风乍醒，

浑不是舞柘枝偃地成形；

蓦回身便好似圆球立定，

（西皮散板）只余那藐姑仙花影缤纷。

《梅妃》这出戏，是著名京剧剧作家金仲荪先生为程砚秋先生量身创作的，在程派剧目中拥有不可撼动的地位。程派那么多戏，大段用到水袖的地方却不多，除了《锁麟囊》中"找球"一段有用，最经典的便该数《梅妃》里的这场"惊鸿舞"。

她在梅林间真就化作一只鸟，再没有宫苑廊墙的束缚，莺飞燕喃般洒然自在，是吴昌硕画中的藐姑仙子，清如冰雪，快要乘风归去。

却终究不舍归去。她还惦念着人世一场奢侈的情爱。

尚不知，一舞惊鸿，便已到了尽头。

恩断未必红颜老，有时，只是因为有了新的红颜。

　　唐明皇的这个新红颜是杨玉环。他应该是喜欢她到了极致，三千弱水一瓢饮，还不吝身份开口即是缠绵的话语：今日得卿，有如得宝。他也许已经忘了，这样的情感，他曾经也对一个女人有过，可转头，就能把对象换成另一个女人。

　　他的忘，忘得彻底。

　　不仅两月未曾看她一眼，还让她宫里的奴婢去杨玉环处侍奉，传来的那二人欢乐的场景更叫她辛酸。她应该也是知道的，自己冷淡疏离的性子不讨喜，所以听从了高力士的建议，终于鼓起勇气决定去见他，想要追回那些前尘往事。

　　只是还未见到想见的人，就巧遇前去面圣的杨贵妃，骨子里的傲气被点燃，她放不下身段去邀这个情，争这个宠，于是只能打道回府。

　　昔日多繁盛，今时便有多凄楚。

　　驿使依旧往来匆匆，送的却不再是梅花，而是荔枝。她冷眼旁观人情冷暖的变，心苍老得说不出话来。唯一蓬勃生气能支撑她的，只剩那朵清高自尊的梅，兀自在心中开了一季又一季。

　　她拒了他送来的一斛珍珠，顺手写下"长门自是无梳洗，何必珍珠慰寂寥"的冷语给他。

　　傲在外头，内里仍旧怅惘不得减。遣了所有跟随的人，独自漫步至梅亭。

此时月挂梅梢，万树无声，隔墙便是华阳宫沉香亭，笙歌已起，所有人纵情欢声，余她一人孤零零如在世外。

（二黄慢板）别院中起笙歌因风送听，

递一阵笑语声到耳分明。

我只索坐幽亭梅花伴影，

忒炎凉又何苦故意相形！

嚼寒香早拼着肝肠凄冷，

看林烟和初月又作黄昏。

凄凄闻坠叶空廊自警，

他那厢还只管弄笛吹笙。

泪珠儿滴不尽宫壶漏永，

算多情只有那长夜霜衾。

初不信水东流君王薄幸，

到今朝才知道别处恩新。

京剧的主要唱腔分为西皮和二黄两种，西皮跳跃轻快，二黄则沉郁舒缓。中国传统音乐里，板为强拍，眼为弱拍，二黄里原板是一板一眼，慢板则为一板三眼，故也称作三眼或正板。

这段《别院中》，用了"二黄慢板"，是江采苹寂寞心事的倾诉，怎样的幽切都不够，唱腔在平日的雅丽清馨之上，又蒙上了一层宫怨的纱。

幽怨至此，仍舍不得放手，她还藏了一丝侥幸，盼着他的回心转意。

但到底没能等来李隆基的回心转意，等来的，是安禄山无情的铁骑踏破宫禁。

没人记得，还有一个江采苹凛柔似梅、清冷若雪，她只需一个安平无扰的梅园，演绎毕生的惊鸿。可是，曾与她共享惊鸿的那个人，带着另一个女子赴川逃难，早把她忘得一干二净。

而她孑然一身，在兵乱之中殉了她心爱的梅林。

待郭子仪戡平安史之乱，唐明皇重回宫廷之日，他丢了他的杨玉环，也失了梅妃。

偶至梅亭，他才又重新勾勒出她的影子，仿佛佳人入梦来，留了一丝怀念给她。

当爱与恨都散在云烟里，过往一幕幕终于格外清晰。

就如同看入眼的花开终将成为花谢，世间万物，缓致的，焦促的，合心的，背意的，哪一件不是自顾往来，不虑他事？只是人心有偏爱，总想捻线为弦，弹奏出一个富饶的诗境，琴音绕梁，永日不散。

爱意与贪婪，都是真实的。

剖析自我的喜爱，挂碍，直至其烟波浩渺，说尽生死。死生之大，天明地阔难以洞穿。你顺延着花溪，逢着明月，你知那其间深意无穷。你看见山涧流水，行草飞花，涸而盈满，荣而枯竭，却说不出千般苦难，万宗禅意。

梅意清浅，枯萎后隐约有花影绰绰晃漾在我眼前。

吹落风檐到死香。

许多夙昔恩怨，在岁履漫漫里踏成了雪地轻痕，融化为无法轮回的感伤。留不住的一剪梅，逝去的人与事，日暮云重，散在风间。

唯人心有动。为了一颗善爱的心，风起云涌，生意复兴。不惊起湖面涟漪，不喧嚣一帘幽梦，只在诗里，在画里，在消落梅花的季节里，等春来。

然后，明清自我的爱意。

《白蛇传》
风雨湖心醉一回

> 你忍心叫我断肠，平日恩情且不讲，不念我腹中还有小儿郎？你忍心见我败亡，可怜我与神将刀对枪。

峨眉山似乎易出痴情人。

《神雕侠侣》里有个郭襄，一腔真心付与杨过。他是她从年少时就烟花灿美的记忆，到最后烟花谢了，她带着一身灰烬上了峨眉山，建立峨眉派，青灯冷衾至终老。

另外一个，是白素贞，在峨眉山上修炼了千年，入了凡尘来，因着一段情，又去到口耳相传的故事里不朽了千年。

这出《白蛇传》，戏一起头，便是西皮中南梆子的调，婉约清美，落在江南。

离却了峨眉到江南。

那时，她身侧只有一个小青，着一身白衣，初涉人间就闯入了最嫣美缠绵的一片湖山。

这一旁保俶塔倒映在波光里面，那一边好楼台紧傍着三潭；苏堤上杨柳丝把船儿轻挽，微风中桃李花似怯春寒。

好一派南意的水软山温，谁都抵抗不了。更何况是她，久居深山，洞府高寒，每日里只与雀云杉椤为伴，见了那断桥之上游湖人成双，内心不知要起怎样的大惊动。

心思惊动了，天色也惊动了。苍天为成全她这一番惊动，竟偏私开路。一霎时风起云暗，雨说下就下。

正经事自然是避雨，小青却拉了拉她的袖，姐姐，你看那旁有一少年男子挟着雨伞走来了，好俊秀的人品。

她转了头——转头不要紧，转头若未见到对的人，就当是风景万千一流连，赏便赏了，撤了身还能退回去。她的运气差在转头见了他，心就收不回了，再是千年道行也预见不了将来事。或许，还是有一丝预见的，"这颗心千百载微漪不泛，却为何今日里陡起狂澜"？这样不同寻常的遇见，心情早就提供暗示，她不是读不懂。只是懂了又怎样？这种感觉太美好，她孤单了千年，好不容易等来一次，懵懵懂懂，却还是生了留住它的心。

躲不掉的总会来，像是琴音一起，不到曲终不会停。这是命。

红尘雨染了袖，清风习习透了衫子，小青随她避雨于柳下。

许仙撑着伞过，见她二人无处遮蔽，上前搭话。他执意把伞借予她们，又另去叫了船，邀她们同渡。烟波盈盈间，谁看上了谁，早已明了于心。

风雨湖上，船夫已经开唱，十年修得同船渡，百年修得共枕眠。他听了，是动心，她听了，已动情。江山的美，不及此情此景半分，她心似繁花初锦，漫坡开了一地，把阳光收成蕊，无节制地盛放，倾洒酽浓的芬芳。

雨过就是天晴，船也要停。

湖上天青云淡，柳叶飞珠上布衫，洗后的青山只管眉峰苍翠，潇逸不问世事。

"钱塘门外曹家祠堂附近，有红楼一角"，白素贞嘱小青向许仙交代了住所，她再三请他明日前来，要还他伞。

这伞，其实哪里需要还回去，她在见他第一面时就已经把自己的一颗心给还了，此后与之有关的所有喜怒哀乐都注定了要承受，再怨不得旁人。

但她不考虑这些。她只是想见他，身姿低低，恳求一般地开了口，"莫教我望穿秋水想断柔肠"。别时还恋恋不舍，一步三回头。

她转身下了，许仙才回过神来，上前拉住小青，问，你家小姐姓什么？

小青答，我家小姐姓白。

白。

清澈，纯洁，介于日出与日落之间的颜色。那样坦坦真挚，没有一点隐瞒。

只可惜，她的爱情，从一开始就注定有隐瞒。他是人，她是妖，改变不了的本质差别。老天如此捉弄，让她连恨都无从恨。

滨湖红楼扫尽落花，等来了要等的人。许仙自幼父母双亡，寄居姐姐家中，蒙姐丈推荐，在药铺做伙计。白素贞打定了主意要与他结连理，却不开口。

她不开口，要把一切经由小青的嘴说出。端的是骄矜自持。只是藏不住内里澎湃的情意，面上的功夫做得再好，最柔软的部分随时都甘心奉上。

交付真心原来这样容易，花烛一点，凤冠霞帔，再做不了自己的主。小青替他们赞礼：愿似鸳鸯不羡仙。当然不羡仙。白素贞从始至尾只羡过人，人世间普普通通的凡人，可以不用担心人妖殊别，与她的官人白头至老。

还是有过一段如梦佳期的。

　　他打点着药铺，她堂前看病，再加上腹中胎儿，这生活简直满足了她对人间的所有期许。喜相庆，病相扶，寂寞相陪。人间的滋味原来真要一一尝过，才能懂岁月的多情。要是未生其余变数，就这般过下去多好呀，让他陪着她，陪到不能再陪，把一世情打个完美的结，佩在她漫长的生命中。

　　偏偏要出现一个法海。自以为执着正义的杖，容不得妖孽混迹，要先度许仙，后降白氏。

　　（白）许官人！看你入迷已深，说也无益，待等端阳佳节，你劝她多喝几杯雄黄酒，她原形一现，方知我言不谬也。

　　（西皮摇板）好言相劝你不醒，端阳酒后看分明。

　　许仙一定也是知道的，有些事，不能去试，一试，很有可能就此将人生引入歧途。但他忍不住不试。他对那个已成他妻的女子有疑惑，对法海说她是千年蛇精的说法也好奇，或许他更想试出一个踏实，证明这一切都是谣言，子虚乌有如烟过，他还能继续安稳地与她携手百年。

　　他傻，她何尝不傻？端来的雄黄酒，第一杯怕伤夫妻情意，喝下，敬来第二杯本不该再喝，却因着他一句"祝你我夫妻偕老百年"，不管不顾地就饮。何止是傻，是对这一场姻缘痴了迷了，对每一句祝愿都郑重用心，生怕犯了忌讳，触了那冥冥。

自然未能躲过现出原形，许仙见到却吓得死去——他终究不过一介凡夫俗子。

白素贞为救他，远赴至仙山，盗取灵芝草。

这一折《盗草》，逆了仙翁，斗了鹿童，好似只要取得了仙草，在她眼中便没有不可为之事。一心一意要把她官人救。救回来又如何，之前的事已成断枝，梗在他心上，他连提也不敢提，兀自怀疑着，疏远着，累她日日掉泪，却还要说"我与许郎百般恩爱，海可枯，石可烂，我与他是永不分离的了"。

她自以为聪明，把腰间白绫化作一条银蛇，盘踞厨房屋梁之上，再现端阳酒后的情形，说是苍龙出现，释了他的疑。结果法海一出现，几番撺掇，他便又信了，还拜了师，抛了与他结发的妻，随那和尚上了金山。

一出《索夫》，一出《水斗》，全是素贞的真心一片。若是平时，根本可以不将法海放在眼里，但又是为了那个人，她苦苦哀求："那许郎他与我性情一样，立下了山海誓愿作鸳鸯。望禅师开大恩把许郎释放，我夫妻结草衔环永不相忘。"

这样柔柔绵绵的语调，她早已不是当初峨眉山上天地草木间肆意悠游的白蛇了，我甚至怀疑若不是小青言辞坚定，对法海怒骂不减，她还会不会有这念头放水淹了金山寺。

京剧《白蛇传》里的武戏可以说是它的一大亮点。盗仙草的时候就有大段白素贞与守草兵将的斗法戏，到了《水斗》，更是高难艰险，舞得行云流水。难，但也重要。她忍了这么久的委屈与怨怒都要借着这一场水给泼出去。

白素贞究竟是个怎样的女子？她用情义恩重镇住自己，但她也尝尽人间七情六欲，她也有脾气需要倾泻，她有灵性，亦有妖气，这妖气和着那英姿飒飒终是漫了金山。

关于《白蛇传》，京剧四大名旦除却荀慧生外，其余三人都不曾演全过此剧，但三人里，梅艳芳和程砚秋皆选择了只演《金山寺》和《断桥》。现在的剧本中，《金山寺》一折已有了改动，但《断桥》却还在，成为《白蛇传》中的经典唱段。

那头，许仙终于良心重现，惊觉自己对不起待他死心塌地的妻，趁着打乱逃下了山。这头，白素贞和小青从寺中杀出，来到了断桥。

像是宿命中的轮回，她又来到了昔时遇见许仙的断桥。桥未断，柔肠已寸断了，早闻不见当初的风雨声，心里却一片难挽的萧瑟。这时，才真觉着了累，泪水一滴一滴地落，想起前情来只觉有那么多的说不破，参禅容易参情难。

许仙竟也到了这断桥上，小青立时拔剑相向。素贞也哭：

你忍心将我伤，端阳佳节劝雄黄。你忍心将我诓，才对双星盟誓愿，你又随法海入禅堂。你忍心叫我断肠，平日恩情且不讲，不念我腹中还有小儿郎？你忍心见我败亡，可怜我与神将刀对枪，只杀得云愁雾惨、波翻浪滚、战鼓连天响，你袖手旁观在山岗。手摸胸膛你想一想，你有何面目来见妻房？

她难得对他咄咄逼问一次，但说是问，何尝不是把自我放低了又放低的诉苦。她为他做了这么多事，只几句埋怨就抵消。

许仙辩解，我不是不思念，只是那法海不许我下山来见。

我想，我得信他，必须信他，否则素贞就太不值了。得不到其他，得一两思念，也好饮下换取半分饱。

却不能打动小青。这个自始至终护着她姐姐的女子，举起龙泉剑，非得杀了许仙解恨。

他自然知小青不好惹，只躲到素贞身后。危急时，他倒清楚只有这个女子是他唯一的庇佑。素贞终究心软，听他几句想几句念就原谅。也是呀，千年人间一段情，她护不够守不够，被逼至此境也从未想过回头。

我爱你神情惓惓，风度翩翩。我爱你常把娘亲念，我爱你自食其力不受人怜。

那时，风月正好，只顾着爱你，未考虑其他，而今再不能隐瞒，将所有实情和盘托出，去留全凭你的意愿。

我每次听到这，都恨她心软，但又止不住地怜惜，天上人间，这一个白素贞哪里不值得被视若珍宝，被呵护，被珍爱，被多情的凡尘翼翼供养。

犯下的错可以被原谅，分离的人可以重逢，只是，当真怀疑伤过的心能恢复如初？

无论哪一版本的《白蛇传》，许仙都要回到白素贞身边，而白素贞却注定要被法海镇压在雷峰塔下。其实想想，若不算那最后团圆的大好结局，重聚的日子也不过就从现下到她诞下婴孩的几月光阴，那几月里，她真的就过得幸福吗？

当初她念及"断桥"，一片欣喜。她只看中了"桥"字，渡了过去，却把千年的修行给忘断了。

雷峰塔下，也不知她清明地想过这些没有。

这一出戏，我其实不爱听《断桥》，最喜的是《游湖》。

我喜欢她白素贞只是那从峨眉下凡尘的一只妖，素衣春水，邂逅人间的二月天，揣着对人世情爱懵懂又向往的初心，赏遍红尘的景，不知伤浓浓。

　　而风平水静的湖面之上，早已没了当初的烟雨，只隐约传来船上艄公哼的小调：桨儿划破白萍堆，送客孤山看落梅，湖边买得一壶酒，风雨湖心醉一回。

《秦香莲》
破镜不曾望重圆

> 千里迢迢乞讨京都上，一双儿女
> 受尽了奔波与风霜。打听得儿夫中皇
> 榜，实指望夫妻骨肉同欢畅。谁知他
> 贪图富贵把前情忘！

　　京剧旦行里的青衣和花旦，是依照性格来分的。"花旦"代表性格活泼、天真或泼辣的青年女子，以唱功为主的庄重中青年女性角色则称为"青衣"，此外也可按年龄分为老旦和小旦，按武功分为武旦和刀马旦。

　　但最让我心折的还是青衣与花旦的分法。性格的坦然分明都毫不掩饰地呈现于两个词中，你一读，就能读出人生的温度来。尤其是青衣，唱用假嗓，念用韵白，一个眼神的流转就有无限风情，偏偏这风情不是媚的，是自诉的哀伤，化了七风八雨飘零在心田，收获半生的润。

这个戏台上，青衣的角色多不胜数，像是《春秋配》的姜秋莲，《玉堂春》里的苏三。但不知缘何，我每每在脑海里勾勒一个青衫素淡的戏子模样，这么多角色中最先想到的却是秦香莲。

如果戏幕可以久久不拉开，她是否能永远做那揽风自怜的一片影，清瘦寡意，投照在爱人心间？

当爱人还是爱人的时候，她是闲逸在乡野田畴的云，风为裳，花为佩，荆钗布裙，无需过多的染色，就能坐拥一个美满温馨的家。有夫琴瑟和鸣，有子承欢膝下，每日里听他琅琅读书声，指下的柴米油盐也变得分外斑斓。最平凡，又最幸福。

她支持他的一切。她知道她爱的陈世美不是甘于屈居这片窄小天地的燕鸟，他有鸿鹄之志，十年寒窗，只为一朝折桂。所以真到分别的那一日，她远送一程，仅仅是叮嘱他保重自己，并不给过多的羁绊与担负。

所有的不舍只化作了十六字：君去求官，妾奉高堂，若得富贵，莫弃糟糠。

陈世美也回应她以美好承诺：中与不中，有福同享，有难同当，夫妻恩爱，地久天长。

她满足了。得他句句保证，就好像再没有可惧怕的事，暗自把他许下的未来紧紧攥在手心里，从此只顾盼念。

可是有些感情毕竟脆弱，犹如断线之筝，风筝飞了，就再回不到手上。

远在汴梁的陈世美幸运高中，龙门跃鲤登皇榜，琼林宴罢甚风光。更为风光的是，他受诏入宫，得知太后欲招他为东床驸马。一步登天的荣华富贵摆在眼前，什么糟糠之妻都可以忘，过往当真如烟，轻飘飘就散。他连缅怀的时间都吝啬给予，一心做起他的驸马郎。

光阴匆匆便三载。这期间，痴痴等待的香莲未收到他一丝音信。公婆双双命丧，她终于决定带着一双儿女，离湖广往汴梁，去寻那个她苦等三年的男人。

人尚未寻得，却在途中寄宿的一家旅店里得来了令她不敢置信的消息：三年前陈世美便高中状元，并得太后欢心，被招为驸马。

戏里戏外，多少真相都似这般以残忍收场。秦香莲愣在那里，说不出一句话。那一瞬才知，所谓的誓言也不过是一场骗局，你入了局，傻傻地信了，便注定了被辜负。命运竟能残忍至斯，外人口中一句简单的实言，就让所有璀璨的记忆都风化。

半生过往，一梦南柯，恍如隔世。

心早已碎成残渣，她却还要苦撑着再拼好一个自己，固执得去找那薄情寡义的男人当面对质。哪怕清楚发生的这一切皆是真，但若把爱情逼到极致，就必须得到一个交代，来成全爱情的破碎。

可惜，就连这破碎，都不是陈世美成全的。他连见面的机会都不给她。还是守门的刘廷，实在同情这孤儿寡母，假装拦阻未遂，放他们进府去。

陈世美见到香莲，没有羞惭，只有质问。他还不知家中双亲皆逝，还觉得香莲活该在家为他侍奉高堂，哺育幼儿。而他，只用理所应当地变心。

可怜香莲见了他，把之前的肝肠寸断都抛了，还要再傻一次，求他回头：

心如刀绞，我的泪难忍，低声下气叫官人。念在二老公婆分，看在儿女二娇生。抛弃糟糠心何忍？望官人你将妻认，莫叫夫妻两离分，儿失天伦！

她说公婆，说儿女，却不说自己的情深。她把种下的执念硬生生地磨成了卑微的附属，却不知在一颗移情的心那儿，这附属，连个挂在他腰间的资格都讨不回。

讨回的只有冷冰冰一锭银，以及无情的驱赶。糟糠之妻又如何，儿女又如何，他陈世美如今名利双收，鲜花着锦，早已与那些过往割袍断义，香莲行行泪水濡湿衣襟，唯独润不了他已然龟裂的心。

她不甘呀，爱到不能再爱，为他燃尽青春与心力，只得个这样的结局。于是转身就把一纸诉状递到了老丞相王延龄的面前。

状告驸马陈世美，这当然不是小事，王延龄也不敢轻易审判，但着实同情这个女子，忽然间心生一计，问香莲是否知晓东周列国百里奚与夫人堂上相会的故事。

香莲也是知道的，百里奚做了高官后，他的妻子来找他，凭借演奏一曲家乡小调，立时感动了百里奚，自此夫妻团圆。她虽知道，却也应有犹疑，陈世美毕竟不是百里奚，这种以情唤情的法子对于他究竟有几分作用，她没把握。但事已至此，不放手一试已无法回头。

第二日恰逢陈世美寿诞，王延龄前去祝贺，席间向陈世美提议招一个歌唱的村妇前来助兴。陈世美推辞不过，只得应下。人倒是请来了，陈世美一见，只余惊骇——怎不惊骇，在他眼里，秦香莲就意味着他美好前景的拦路人，他恨不得永不见。

厌恶至此，还有什么挽回的余地。"夫在东来妻在西，劳燕分飞两别离。深闺只见新人笑，因何不听旧人啼？"她唱得凄艳唱得深情，通通与他无关，他装聋作哑，只想赶紧挨过这分分秒秒。

遭不幸荆州地干旱三载草不长，可怜家无半点粮。叹公婆思儿把命丧，我撮土为坟，安葬官人的爹和娘。

千里迢迢乞讨京都上，一双儿女受尽了奔波与风霜。打听得儿夫中皇榜，实指望夫妻骨肉同欢畅。谁知他、他贪图富贵把前情忘，狠心的夫啊！忍叫骨肉漂泊异乡。

最残忍的事，大概莫过于此，几句戏文就唱完自己的悲苦。人生寸寸地受煎熬，千言万语都描不出，却要在简单的两三言辞里把伤口揭给别人看，多少无奈。

王延龄一个外人听了都不忍心，直恨这人情冷暖，世态炎凉，眼看陈世美想一装到底，索性捅破窗户纸，把事情摆明，就要他给个态度。

陈世美却从未觉得自己有任何错，追名夺利，抛妻弃子，在他眼里只是一句"合乎天理，顺乎人情"，他认定了香莲串通老丞相要来陷害他，辱骂栽赃，毫无风度。这样的男人，其实已不值得香莲再做什么了，莫说哭泣涟涟，就连憎恨都不必有，最好从此桥归桥路归路，她自去享她的韶光。

可惜这场伤痕累累的债还未到还时。她在这场骗局里失了爱，怎么也要博得个公道。

在王延龄的帮助下，香莲拿了老丞相的扇，带着两个不涉世险的孩子，立即启程前往开封寻包拯，做个了结。

陈世美这才忽生怕意，怕香莲这一去就毁了他的荣华，站上高台的人总是受不了被拽下。被逼急的时候人性丑陋毕现。他叫来家将韩琪，要他追上那母子三人，夺其性命，以钢刀见血为证。

接下来的故事，我每次看，都有无限憾意。

韩琪奉命追至庙堂，听了香莲一番陈言，才知那个叫陈世美的男人有多薄情，自己的妻，自己的骨血，怎下得了狠心要他们葬身于此？

"我韩琪虽微贱义重如山"。这场戏里唯一让我怜惜的就是韩琪，那才真是个好男人，重情重义，是非分明。他不是金科，不是驸马，可一身坦荡荡，知道何所为何所止。宁可一死天地鉴，留得清白在人间。他以自己的鲜血祭了钢刀，还给陈世美一个最大的讽刺。

一个人的命，换来另一个人的人生。香莲终于可以跪在包拯堂前，凛然状告陈世美。

总有人认为"包龙图打坐开封府"一段是《秦香莲》的点睛之笔，它歌颂了包拯的不畏强权，清廉明政，在这样的背景下，秦香莲那卑小如芥的爱情是如此不堪一提，似乎只是塑造这些伟大人物形象的垫脚石。但他们都忘了，这段成全了他人光辉的爱情，曾经，却是乡野间一个名唤秦香莲的女子的全部。

《秦香莲》，又名《铡美案》，这场闹剧最终以一个薄情郎的死结束了一切。

我还是偏好"秦香莲"这个名字,"铡美案"太冷了,比她的爱情还冷,仿佛这一场大戏的跌跌撞撞只是为了要惩戒一个抛妻弃子的男人,把付出的感情挤得没了容身之处。

其实还是爱过的。爱过,以至于回忆爱情最明媚时,所有的悲就涌上心头。

虽然说结束就结束了,但心里到底是有淡淡的怅惘浮入眼,一晃神便差点落成泪。

曾经听过一个版本的全本《秦香莲》,名角不多,不是顶顶的出彩,但我却一直记得其中不知姓名的扮香莲的戏伶,记得她的神情冷漠,在嘈杂的公堂上冷眼跪在一旁,看着陈世美被铡的一幕。像一朵冷香花,被他的薄情摧折,最终又被他的鲜血浇灌盛开。

我一直觉得,那才该是秦香莲应有的姿态。在那用早春生命全情投入的爱情中,她被辜负,被抛弃,一而再地受伤害,逃离不开失败者的模样,可是,剔除掉"陈世美"三个字,她还是她,生命未尽,鲜活的心仍跳动着对人世的深恋。

就当这所谓的短暂爱情,只是她生命里路过的一摊泥泞,不小心溅了几星泥点子在衣裳,抹去了,前路漫漫,还要继续行。

《游龙戏凤》
不该斜插海棠花

置得一件亚麻旗袍,瓷蓝的花色,水晶釉样的盘扣,爱其质地与式样,但可惜只有短款,堪堪垂在膝上,不是我要的感觉。思量半日,犹豫再三,还是决定裁剪为中式上衣,配上明黄色作底加鸢绿花朵的大摆长裙,亦是亚麻材质的,行走处觉有柔柳扶风的春晓意。

春天里,沿堤散步,将去寻花。

不是一丛一丛矮矮生于路旁的花,是昌盛的花树,一花开便是那人间四月天,时而莺飞,时而燕喃,生意里多有自在晴空。

我知晓其中有美。

最爱还是那簇簇辛夷，茶白挂枝头。

这样满树的花，是多而密的，花朵较为硕大，一枝上虽隐约只三四朵，但胜在枝丫繁匝，一枝又生一枝。就开在这一个初春，稍稍胆弱些的花木还没萌出芽来，寂寂秃秃，显得神颓。辛夷让人惊喜的是花开时几乎无叶，干干净净一条豁然的枝臂上，停留着春色。

这春，有了它，展开得如此清洁。

辛夷的别名多，且各有妍意。犹如大家族里讨喜的小辈，家长们都有自己中意的昵称，想给她最好的。木兰，有些英气；玉兰，清透又琉璃；辛夷自不必说，只关于《楚辞》中芳草美人的优雅姿态，端庄且持重。

王维有诗《辛夷坞》：

木末芙蓉花，山中发红萼。

涧户寂无人，纷纷开且落。

它开在寂寥的山涧，尘嚣无尤，兀自走出一番地久天长。开了，又落了，高洁至极的幽独。纷纷洒洒，宛似一场雨落，自己赏完，再自己离去。千场红尘事，不与外人言。

李凤姐的出场，很长一段时间都让我觉得，她就是这一朵空谷里的木兰深渊色。

李凤姐：自幼儿生长在梅龙镇，兄妹卖酒度光阴。我兄长……

那样的清简单纯，好像只是那旧街小巷里每日寻常度过的平凡女子，甚至连小家碧玉都不是。她不是。她活泼也好，幽静也好，都是凭着性子的随心恣意，没有任何的规矩和教束。

因为哥哥李龙经营着酒家，她时常来帮忙，抛头露面也惯了，平日熟悉谈笑的老客，或是萍水相逢的新客，她都见过。只是从没想到，还会遇见这样一个他。

明明是天子在上，偏要装作军人过路，虽说上演的是微服私访观览民间的戏码，但光看朱厚照那游戏清闲的模样，就能猜到接下来的剧情发展定逃不开一段风流。

可不吗？没想到无心择一酒家歇脚坐饮，出来的店家竟是这样一个美妙女子，年轻，漂亮，说话声音清脆脆的，好似黄莺鸣啼，和他之前见过的大家闺秀全然不同，连眼神都是活的。

他问她名字，她怕他叫，不肯说。直到他答应她不叫，才吞吞吐吐地道来：

李：我——

朱：怎么？

李：我姓李呀！

朱：我晓得你姓李，叫什么名字？

李：我，我叫李凤姐。

朱：呃！好！好个李凤姐哟哦！哈哈哈！

李：把名字还我！

多么新鲜。

这句"把名字还我"，他怕是从未听到女子说过，娇嗔到这个份上，却一点也不造作，仿佛乡野晨间结了露，一滴就滴到他心头上，还是凉凉的清爽。

若说之前是无心，此时的朱厚照大概已存了意。名字还不得给她，因为他连她这个人都想要。

接下来是少不了的饮酒闲谈，一番调戏。直至这段著名的"海棠花"唱段，之前大段嬉戏的情才算有了第一场的落定。

李：军爷做事理太差，不该调戏我们好人家。

朱：好人家歹人家，不该斜插着海棠花。扭扭捏捏扭扭十分俊雅，风流就在这朵海棠花。

李：海棠花来海棠花，倒叫军爷取笑咱。我这里将花丢地下，（丢花）从今后不戴这海棠花！

朱：李凤姐做事差，不该将花失地下。为军的将花就忙拾起，李凤姐，来来来，我与你插上这朵海棠花！

海棠传情。我还在思索其中寓意，不知怎的，却想到了何希尧的那首《海棠》：

著雨胭脂点点消，半开时节最妖娆。

谁家更有黄金屋，深锁东风贮阿娇。

最艳美的胭脂色就在这雨滴里渐渐消淡了去，妖娆带了丝病态，一个蹙眉便让人心疼。何希尧也心疼。他好想造一个金屋，学着汉武帝把海棠像陈阿娇一样藏起来，免它风雨惊扰，仓皇流离。

可是他忘了，阿娇最终还是被刘彻负了情。曾经的"金屋藏娇"有多辉煌，到后来她寡寂一人幽居长门宫之时就有多讽刺。却还不甘心，找来司马相如代笔一篇《长门赋》，奢乞着讨他的一个回心转意。

千金纵买相如赋，脉脉此情谁诉。亲幸复得了还可以复弃，留不住他的心，做得再多都像一出戏。你在戏中，他在戏外。愈唱愈心冷。

其实也是知道的吧。恩与爱说断就断了，执意窜走的一缕烟哪能留下半丝痕。却偏偏选择了等在那儿，把自己等成七彩的绣线，将一生绣成山河华锦不哭啼，送给他，也送给自己。成全了爱情，亦成全了傲气。

早用悲壮为一辈子作了句读。

但李凤姐的花期，此时春意正盛，哪里能联想到一场风雨如晦。稀星朗月夜，再不是寂寥时分，念着那样一个不符世情的浪荡风流人，揣着那样一份说不上铭心刻骨的爱情，就算有前瞻的怕，那"怕"也不甚有出息：

李：我怕呀！

朱：怕什么？

李：怕我哥哥回来。

朱：你哥哥回来有我呢！

李：有你就无有我。出去！

朱：我不出去。

李：你不出去，我就要喊叫。

朱：你喊叫什么？

李：说你杀了人了！

朱：我手中无刀，怎么杀人呢？

李：你的心比刀还厉害。

是到这一句，我才真正确定她是入了情了。

他心在她心里，所以他的感情想法有任何变动都能化作利刃刺伤她。此前没经历过，但这感觉，她懂的。

有些怯懦的话语，此时她和他还是平等的身份，她尚觉不安。也就不怪最后她见了正德皇帝黄袍上身的样子，慌忙向前跪定，尊声万岁，只为讨个封号。

云泥之别，她需要一个身份，来配上他，来认可自己。

能理解，却还是难接受。

戏尽神回，当下不敢索味。入了夜来，单曲循环一遍遍地听《问情》。

小小的中国风味，哀雅的曲格，调子一起快把我催得哭出来。蔡幸娟的声音带着一点闽南地区软软的黏性，涓涓细细，把歌曲里的情给拖得更浓了。但亦真是幽幽回回，不是穿花扑蝶，更像剑刺破云，适合红尘里滚滚浪的尘埃迭起。

这首老歌我是真喜欢，在看《戏说乾隆》的某些时候甚至是贪听歌曲甚于专注剧情的。

一上来便是一句"山川载不动太多悲哀，岁月经不起太长的等待"，一点没有留白，一点不犹豫，掷地有声地说出明明人人都懂，却人人都不想懂的事。副主题的部分更是精彩，"爱到不能爱，聚到终须散，繁华过后成一梦"，多么悲凉又清醒。换言之，《问情》就是一册精悍的智慧札记，把最深渊的哲理无意道破，遗落在岁月的沟回里只待有心拾起的人。

据说《戏说乾隆》是第一次如此戏说历史的古装剧，且被收入《中国电视剧发展历程》教科书。不太明晓电视剧的事，但想必也应该，它是部精彩的剧，宜古宜今，我即使今时今日再翻出来看仍能看得津津有味。

当然，很大一部分原因是因为赵雅芝。总觉得那个时候的赵雅芝绝美无双，虽然多年后的今日她美丽仍旧，深添了岁月的从容娴雅，但我依然觉得那时候的她更胜一筹。不是她本人的原因，是时代的造就。那样涵敛青涩的美，是时光永不可僭越的。

《游龙戏凤》是折子戏，它的全本《骊珠梦》，讲了李凤姐与正德帝的完整故事，算起来，其实也是"戏说"。只是《戏说乾隆》里，赵雅芝第一场饰演的盐帮帮主程淮秀虽与私访的乾隆帝相爱，最后却毅然离去，而《骊珠梦》里的李凤姐，结局却是在随正德帝返回的途中，命丧骊山。

她不是程淮秀，英姿洒脱，亦不是赵雅芝，美人永恒。她甚至没能经历一次红颜易老、朱颜辞镜，只是离了她的幽山渐渐萎谢。

如果她没有离开。

也许只是遇上一个普通的爱花人。他听她说所有光辉与黯默，她则陪他，走过人间生命的暖。

那也好过成为他闲来欲讨得一次趣味看的海棠，粉墨登场，寂寥落幕。

春风漾，窗外的辛夷静伫不知人世。

美好的辛夷，亦可入药，归在发散风寒的章节，可通鼻窍。用的是花蕾，因其表层有细细绒毛，所以煎煮时要用无纺布的小袋包起来。我喜欢这味药，喜欢它的基元，喜欢整个细致而柔情的煎煮过程。是人心的一点体贴要泛滥至四肢百骸。

古人爱慕自然时令，因而对于花，要候。候花的心境太美，和等待爱情几乎无差。

宋朝吕原明在《岁时杂记》中记载：

一月二气六候。自小寒至谷雨四月、八气、二十四候。每候五日，以一花之风信应之。小寒：一候梅花，二候山茶，三候水仙；大寒：一候瑞香，二候兰花，三候山矾；立春：一候迎春，二候樱桃，三候望春；雨水：一候菜花，二候杏花，三候李花；惊蛰：一候桃花，二候棠棣，三候蔷薇；春分：一候海棠，二候梨花，三候木兰；清明：一候桐花，二候麦花，三候柳花；谷雨：一候牡丹，二候酴醾，三候楝花。楝花竟，则立夏。

这是春天一季的花信风，小寒虽处十二月，然冬至之后，阳气渐盛，小寒信风已是春阳之风。

候木兰花，在春分三候，清明之前。若有雨，她在雨中盛放几分清冽，是韧性又温柔的女子。

韧性又温柔。那便做这样一个女子，是木末芙蓉花。

独自在这一树里，独自盛放独自凋谢，成全完美的一生。

《霸王别姬》：妾愿得生坟土上

> 力拔山兮气盖世，时不利兮骓不逝。
>
> 骓不逝兮可奈何，虞兮虞兮奈若何。
>
> 汉兵已略地，四方楚歌声。
>
> 大王意气尽，贱妾何聊生。

　　电影《霸王别姬》里，戏痴袁四爷曾对程蝶衣说过这样的话：一笑万古春，一啼万古愁，此境非你莫属，此貌非你莫有。

　　袁四爷不是什么好人，可是这话，让我铭心到一听难忘。非一个张国荣演不活程蝶衣，非一个程蝶衣演不活虞姬。世间万事的最美，可不就是一句"非你莫属"，莫名其妙而又甘之如饴。这种心动的感觉，不止爱情，真的不止。心动的瞬间是忘怀，忘怀天地，忘怀自己，只有感动存在。

　　譬如先秦的野蔓荒地里，钟子期读懂了俞伯牙的琴声，一定不是因为学识，不是因为修养，亦没有多一刻少一时。只是因为琴音入耳的一霎，他流了泪——说不清缘由的流泪。于是他与他成了知音。

项羽的知音是虞姬，但我不确定，虞姬的知音是不是项羽。

这出梅派经典名剧，取题虽是"霸王别姬"，可一开场，却是不见虞姬的。

楚汉相争进入了白热化阶段，刘邦与韩信私谋，欲让麾下谋士李左车到项羽帐中诈降，诱骗项羽出兵，好在九里山上设下埋伏，把项羽困于垓下。

紧凑的开场，就连空气中都弥漫着战争与权略的僵直气氛，虞姬一个女人，自然地就被隐在了后面。

如同司马迁在《史记·项羽本纪》中记载的一样："有美人名虞。"也仅此而已，长长的一篇传记，不是写给她的，她只因项羽的存在而留下这轻描的一笔，甚至没有来历、出生年月与具体的姓名。

若是历史不肯为她多留下几个专注的眼神，那就为她留下一出戏吧，戏罢虽仍要散场，至少此刻，在那油彩之上，还能捕见一丝曾经的风华。

戏里，虞姬终于不再是史书中伶仃的女子，她有亲人，弟弟虞子期跟随项羽出生入死，知晓了李左车之事，便立刻找到她，言明自己的怀疑。

她答应劝说项羽，心里却也有顾虑。她太了解他了，随他这么多年南征北战，知道他性格执拗，刚强成性，不会轻易转变想法。果不其然，她婉述了对出兵九里山的疑虑，项羽却并不放在心上，并言，此番出战，若不取胜，纵然战死沙场，又有何惜？

战死何惜这种话，不是任何人都敢说的，有的人敢说，却只是说说而已。项羽是英雄，英雄敢说也敢做。

她到底最是明白他的一腔豪气与直来直往，纵然知晓此番决定危险重重，但知己不就是如此吗？爱情不就是如此吗？同享荣耀，同担患难。

何必多言。只执起杯盏，与他共饮，祝他旗开得胜，踏马归来。

虞姬，是骨子里有豪情的女子。

垓下一战，纵使她早已对兵戈战乱看得习惯了，也不免看得惊心。

如果知道这将是项羽一生的转折点，不知道她还有没有勇气再看下去。她眼里的他，素来是顶天立地的英雄，她爱着，更何尝不是敬仰着，钦佩着。她对战况惊慌，从来都不是为了生死，唯是怕他输。

然而今日这坎，怕是难过了。汉营精兵悍将，十面埋伏，楚兵颓势已现。

她心惊不定，却不能叫他看出，她的情绪在此时哪足挂齿，何必去分他的心。

不仅不想去分他的心，还努力地压下自己的不安，去安慰他。但"胜负乃兵家常事"这话，连自己都说服不了，因为太知道项羽是多么骄傲的人，战败于他而言，比死更难接受。

安抚他睡下，入了眠，也就暂忘了白昼所有纷争。可她久久难睡，有关他的一切似迷渡的舟船荡在她心里，她念着想着，静不了，休不下。干脆起身来，在俱寂的夜里走向帐外。

这是《霸王别姬》中再出名不过的唱段——看大王在帐中：

看大王在帐中和衣睡稳，我这里出帐外且散愁情。轻移步走向前荒郊站定，猛抬头见碧落月色清明。

有多久没有这般心无旁骛地看过月亮了？爱上项羽，就注定了远离风花雪月，她走的路，与闲情雅致从来背道而驰。

她一想到自己，就会哀悯那些流离失所的百姓，悲惜那些告别亲人的士兵。因为自己爱着，就会懂得离开所爱的痛与不堪，冀望着战争早日结束。

四下里，忽起一阵乐音。

楚地的乡谣在此刻好似一件袄，把所有楚营士兵的心裹得暖了，却也裹得软了。谁都防不了思念的毒，他们在这一瞬的亲切熟稔里醉着梦着，不愿醒来。

被情牵绊住的心，便刚硬不起来，不再是攻之不破的盾，颓颓倾倒，就剩下一片摧枯拉朽。

四面楚歌。一世豪杰竟就败在这四面楚歌里。虞姬听到周围兵士口口声声的离散之意，忽就心苍凉，为他悲哀。

她回到帐中，与他详情，一番酸涩无可抑制地从项羽的心底泛起来。他不知刘邦使计，只觉得数年争斗竟终不如刘邦，被他夺取楚地，赢了胜利。

虞姬劝他，逐鹿中原，群雄并起，偶遭不利也属常情，稍挨时日，待等江东救兵到来，那时再与敌人交战，还不知鹿死谁手。

项羽只看着她，想孤出兵以来，大小七十余战，攻无不取，战无不胜，未尝败北，如今却被刘备这样的人用十面埋伏，困于垓下，粮草俱尽又无救兵，纵能闯出重围，也无面目去见江东父老。

是呀，有那么一霎时她居然忘了，他是项羽，可以亡，却不能败。

力拔山兮气盖世，时不利兮骓不逝。

骓不逝兮可奈何，虞兮虞兮奈若何。

　　他这一生，叱咤剽悍，未有过自垂哀怜，却在最后想起最爱的坐骑和最爱的女子时，忍不住酹酒悲歌。

　　虞姬的泪几乎刹那盈满眼，他的挂碍与无奈，有谁比她更懂。这首《垓下歌》，亦只有她当有资格来唱和。她拔剑作舞，就在这帐中，裙袂飘飞，与风伴，那样悲情，却又那样潇洒，再不会有另一个女子能那般英姿舞剑，呼啸到他心里。

　　汉兵已略地，四方楚歌声。

　　大王意气尽，贱妾何聊生。

　　贱妾何聊生。

　　她不是丧气埋怨，她是真的觉得生无可恋了。

　　她所有的结束都是为了一句"大王意气尽"，他项羽都不再是项羽了，她虞姬又怎可能继续做虞姬呢。

　　就着手中的剑，自刎于他怀里，她是想以鲜血告诉他，虞姬不会成为他的负担，也不会背叛他。

　　这别离，不是阴阳相隔。只是比他先走一步罢了，他还会来找到她，不会迟，骑着乌骓，飒飒威风，一如初见时的那个楚霸王，是史册也不能否认的顶天立地的英雄。

爱有天意，胜败亦是天意。她从未有过怪罪。她曾经勇敢地选择了爱他，年复一年，随他征战沙场，从没想过一个悔。每一年都充盈地好似一生，其实早就足够了。

她的爱情，和所有别的女子的爱情都不一样。不是尘世里关于利益的一场恰宜恰取，它受得住马蹄的踏践，经得起躯体的血染，在战场上，裹了满身的风沙，也能一舞至极妙。

项羽终究也要自刎乌江的，因为虞姬已逝，他断不能独活，否则这一折《霸王别姬》如何能经久不息地演。

《梦溪笔谈》中有传说言，虞姬死后，她的墓地周围长出一片艳美的花草，有人作《虞美人曲》到虞姬坟前弹奏，枝叶随曲而动。这片花草，便以她的名字命为虞美人草。

传说中的虞美人草，鲜红似血，媚如罂粟，可是迎风而生，亭亭一枝，又那般凌傲不可欺。

就像她。千年无数花草，或娇妍或馥郁，都不是虞美人草；千年无数红颜，或清纯或艳烈，却都不是虞姬。

霸王别姬，唱得那么悲绝。其实，于她于他，那不过是轮回里深深浅浅的缘分，因为遇对了时间遇对了人，烙印到卷张上成就了一场旧梦。而最不可述的深情和灵犀，已在那一剑惊舞中，随着扬起的尘沙飘散在了回不去的往昔。

唯有时光默默见证。

这个女子，她并非尘世间随处可见的秀丽风景，不止艳若牡丹开，也不止清似梅魂来。有关她的传说有多少曲折性，她本身便有多少复杂性。千古年月，无数文人墨客用或高仰或叹怀的笔调想念她，想念一段风烟，想念一挽尘埃落定的难言情愫。

虞姬绝色于每个人的心底，亦封印在回不去的光阴。

她的传奇，从来只可仰望，不可复制。

岁月翩跹作蝶，采摘尽最美的曾经。

世间万种，或隐匿，或销息，曲折往复，亦深长平宁。经世流承下的情节，抑或情怀，是囚不住的美，要随着草香——皴绿岁寒。

我已卸下风响，听闻心动。

《玉堂春》
休为身世人悲伤

> 苏三离了洪洞县，将身来在大街前。
> 未曾开言我心内（好）惨，过往的君子听
> 我言。哪一位去往南京转，与我那三郎把
> 信传。

天台上的阳光和云影,在她盛开的一刹愈发明媚。明媚不似秋意。

我早知她有傲骨，字里行间寻得的叮嘱话语无不小心翼翼，诸如"为此一花，自春徂秋，自朝迄暮，总无一刻之暇""菊性介烈高洁，不与百卉同其盛衰，必待霜降草木黄落而花始开"，不论是护养或观赏皆煞费心力。

有趣的是，我小时有一张照片，应是摄于秋季菊花展，展中多为蟹爪菊，花姿纤瑾。黄菊姝美，擅秀而吐芳，白菊总有降霜之简，叶萋萋微霭，萼则栗栗沐寒。不知天高地厚的女童笑立花前，洒然欢喜。大概也只有稚幼的孩子敢于那样清贵的花前无半丝畏然与敬，不觉任何心力的耗费，只一心欢图所见的美景。

对于这花，说不清是爱或不爱。读好多好多关于菊的诗文，一遍遍翻新对她的认知，直至郑思肖的《画菊》，读过后不再有往下寻的殷切。

花开不并百花丛，独立疏离趣未穷。宁可枝头抱香死，何曾吹落北风中。

这样不俗不媚。没有所谓的屈与不屈，折与不折，只宛在陈述一个清冷的事实。眼神是淡然且冷静的。未想过做那不为瓦全的碎玉，不奢听那玉碎琼散后掷地的有声。抱香死的花呀。一开就开至生命的收尾，无多余的话，是琴音脉脉往复，曲终人自散去，不谈朝暮与悲喜。

她的美，和任何人都无关。与容颜无关，与梳扮无关。她是初心至死，从不缮饰。

菊的花香亦极为隐晦，仿是想要不为人知却终究未能压抑住四散的芬芳。明明世事芜杂，人声喧咻，她偏偏能香得这般静。好像注定似的，她开在那儿，便是画。天浮地摇间一抹浅色，如水露璇花，迟迟不能坠。肖极了她的性子，不肯低头不肯弃。

追溯到 20 世纪，有人取艺名就叫粉菊花。她是京剧旦行演员，著名的戏班师父，功夫了得，刀马旦的扮相一出来，英姿飒飒，霎时便有。

一身的逸气，一身的风姿，幸好是入了戏，否则太浪费。戏是三生三世还不够，她也是，一入行就是一辈子。

前世今生，有种命定。

在我尚未爱上戏曲的时候，"苏三离了洪洞县"就是包括在已知的戏词儿里的。后来爱上了，首听的便是《玉堂春》。

虽然戏本《玉堂春》是依照《警世通言·玉堂春落难寻夫》一篇加以改编，但我从未想过去看原文，而只一遍遍地听戏。

《玉堂春》是适合唱的。

它不是普普通通的才子佳人剧，亦非述意轰轰烈烈激激荡荡的沙场疆土，从某种程度说，它其实一直平顺，即使剧情里有波折，也只是像把一个陡峰拆成数个丘陵，缓和之后丝毫不使人揪心。绵绵的腔调加上苍苍的配乐，它是一个被遗留在深巷里的老旧故事，连一个普通民女的入狱被审都不再具有恐怖意味，反而给人以邻里杂事纷乱的错觉。我从来只听得舒心入迷。

但它又那样地意味深长，几乎是每一个生命的缩写与凝练。爱意恨意善意恶意，它一个不落地唱尽了，且唱得如此不经心，仿佛生命里所有最重要的就蕴匿于一个漫不经心的目光之中，看不看得见全凭你读不读得懂。

它是一杯白水，把精华沉淀至无色，无色中可复原出色彩斑斓来。

《玉堂春》是京剧旦角的开蒙戏，亦是中国戏曲中流传最广的剧目之一，即使不听戏的人也会知道《起解》和《三堂会审》。

但相比《起解》，我却更爱《三堂会审》。

此时，苏三正跪在公堂之上，并未发现正中坐着的主审官竟是她久别的爱人王金龙，讯问之下说起她尚未被冤入狱时的事。

刘秉义与潘必正作为旁审倒是听得津津有味，王金龙可就听得一身汗，不敢徇私相认，战战兢兢生怕旁人知晓他就是故事中的男主角，最后实在听不下去，借口旧病发作要他二人代审。

苏三这才开始禀述案件的详情。

回忆无疑是痛苦的，爱人分离后迫嫁他人做妾，正房妒忌下药要害她，谁知反害了自己的丈夫。苏三就这样成了替罪羊。她在监中待了一年，受尽折磨，却无一人前去看望。讲起这些的时候，她面上似苦更怨的表情看得我都不忍心。

人间世事竟可这样无常。

本来还是娇滴滴的姑娘，只管衣食无忧风花雪月，转眼就成了阶下囚，鸨母不理，爱人不护，所有的遭难要单薄的身板一个人去扛。

但她再提起这些过去，却不再是前几折戏里的娇啼悲哭，一腔委屈里和着几分怨气。好似经历之后不再像经历之中那么脆弱了，不是需要安慰，而是需要倾诉。

潘、刘：上堂去是怎样的待你？

苏三：上堂先打我四十板。

潘、刘：不该招认！

苏三：无情拶子我难受刑！

潘、刘：人命关天，你也不该招认！

苏三：犯妇本当不招认，皮鞭打断了数十根！

潘、刘：你在监中住了几载？

苏三：在监中住了一年整。

潘、刘：可有人来看你？

苏三：并无有一人探望奴的身。

潘、刘：那王八鸨儿呢？

苏三：王八鸨儿无踪影。

潘、刘：你那知心的人儿呢？

苏三：他也不知情！

潘、刘：别人不来还则罢了，那王公子可曾看看与你呀？

苏三：王公子一家多和顺，他与奴露水夫妻有的什么情？

他与奴露水夫妻有的什么情！这才真是怨，但又不是怨恨的怨，分明是带着女儿心的嗔骂与怪罪。我看到此处真是高兴。那样的苦，那样的难，那样祸从天降的命运，太容易就把人心给噬吃了，一味剩下报复与仇恨。

但苏三她没有。

她这样的怨，是因为还有爱。她的心里还存在那根光明的烛，在黑暗中窒息久久，却一直微弱地亮着。

多年前读蒋勋先生写作的一篇《起解》，曾被其中一句话深深感动：人世这样无情，但是，苏三啊，苏三，生命不是从此便绝灭了，除了那年轻、爱美、宁为玉碎的生命之外，这人世间还有委屈，有在辛酸、卑微、迍邅、不合理中求活的生命。

先生看来，一折《起解》，苏三代表着红艳美丽的青春渴想，崇公道则是斑白衰惫的老年通达，只用两个角色，便说完了生命的两种情态。因而他对《起解》一折有着高捧的情意。

我认同，却就是执意更爱《三堂会审》。

在那短暂的陈情里，苏三重新温习了从无忧无虑到无端遭难的惊变，那一时刻，她才终于知晓，挺过苦痛是怎样的感觉，自若地复述人生的残缺是怎样的心情。在人世的罪恶、丑陋、狰狞尽现之时，她却依然善心如初。

三堂会审，句句朴实的对答里，其实蕴藏着生命不竭的柔情。

这才是人生。

有喜有悲，莫失莫忘。

《红鬃烈马》
岂知由人不由天

马备双鞍路难走，女嫁二夫骂
名流，三年五载将你守，富贵荣华
一旦丢，守不过你也要守，饿死寒
窑不回头。

我总是习惯说，我是一个信缘的人。好似有了这个"缘"字，世间很多不可说不可控的事就有了归依，自己给了自己一份安全感。

她肯定也是信的，所以才敢大胆地把一生的命运交给一个五彩绣球。

事情有些轻率，但也不是无缘由。

她只是闺中不知愁的少女，靠着当朝官居一品的宰相父亲过着自己的小日子，然而家中并无男嗣，仅有姐妹三人。大姐金钏，二姐银钏，皆已嫁人，唯有她，王宝钏，尚未择配。近日因母亲染病在床，她许诺在花园祈祷上苍百日，原以身代。谁料后宫娘娘闻知，念她孝心可嘉，特赐五色彩线，制成绣球，约定二月二日，在十字街心，高搭彩棚，飘彩择婿。

她心里应是期待又忐忑，但期待和忐忑都是小女儿心事，说不得给别人听的。只能自己怀揣着，像窃了一样至宝，最好到无人的地方躲着。于是夜深人静，她去了小花园散心。

躲了旁人，却巧遇了父母双亡沦为乞丐的薛平贵。

他从老家陕西长安赶来，一路风尘，衣衫褴褛，神气昏沉，可就是那么奇怪，身为官家大小姐的王宝钏偏偏瞧中了他。她大门不出，识人不深，却不知哪来的自信，一番交谈下认定薛平贵是鸿鹄暂遭难，必定出息。她叫丫鬟拿来银米周济他，犹疑半晌，终放下矜持，告诉他十字街中她抛球择婿，暗示他前去。

抛绣球的那日正是二月二，龙抬头，再传统不过的青龙节，多少增添了些触手可及的乡俗感。薛平贵可能也受此感染，面对高门大户的自卑感小了一点，所以心安理得地来赴王宝钏暗示的约。结果自是毋庸置疑，她本就看中了他，绣球抛出的那一刻，什么顾忌都忘了，仿佛马上就要奔向自己看准的光明未来。

只是这样的结果，她满意，她的双亲是怎么都不能接受。人家折子戏里虽也写富家小姐爱上贫穷书生，但好歹是个书生，他们的女儿倒好，顺着月老的红线牵回的竟是一个乞儿。

想到身份上的落差，身为丞相的王允当即便想反悔。这也不是没有过先例，抛绣球遇到嫌贫爱富的主家的事太多了，除了道德上指责一番，旁人也管不得这许多。可他万万没料到，自己的不允，换来的还不是薛平贵的抗议，而是宝钏的反对。

她说，打贫随贫，打富随富，人以信为本，此事已定，万难更改。

王允不由愠怒，但毕竟是自己的女儿，要把道理明明白白地说给她听：

（西皮原板）小奴才说此话全不思想，

只气得年迈人怒满胸膛。

儿大姐配苏龙帅印执掌，

你二姐配魏虎兵部侍郎；

惟有儿失训教性情倔强，

千金女配花郎怎度时光？

这话，其实真的不是一个丞相的嫌贫爱富，而是一个父亲的语重心长，他能争什么，不过是想把所有最珍贵的都给她。

奈何她太倔强，千金女初入爱门，以为有情饮水饱，反对的话都听不进去，甚至把孟姜女送寒衣与范郎的故事都搬了出来，无比自豪地说她"至今留名在万古题"，好似自己也将如此。

想来王允听得，气恼的同时更是担心，这样明显任性幼稚的话根本不可能让一个父亲相信她今后生活得好。

可他再生气，也不过是口头上说说，只有任性的大小姐才敢带着对未来捉摸不透的憧憬做出些惊天动地的事来。她转身进了里屋，脱下身上的两件宝衣，誓要与王家一刀两断。

王宝钏：爹爹若是亡故后，谁来到此哭一声？

王允：父死不见王三姐。

王宝钏：女死不见老严亲。

王允：日后谁把谁来见，

王宝钏：用手剜去，儿的两眼睛。

王允：我却不信呀。

王宝钏：父不信与儿三击掌。

王允也是气上心头，说击掌便击了，覆水难收，当下谁也改不了这个口。王宝钏更是觉得得偿所愿，只与母亲惜别了两句，抛下王家女的身份便随薛平贵去了他老家的寒窑。

才到寒窑的王宝钏还沉溺在爱的海水里，那爱的咸足可令她淡忘这生活的截然不同。

薛平贵也还算上进，虽文采不高，还好占个勇。唐王广下榜文，红纱洞内出了妖魔伤人，若有人降得此怪，高官任做，骏马任骑。他身负着一个女人的全部希望去了，发现是一匹红鬃烈马，擒往唐王面前，讨了个后营都督府的职位。可丞相却不依，心里还惦记着拐走他女儿的仇，硬是参了一本，将都督府改为马前先行。正巧遇上西凉国下战表，于是薛平贵就成了马前先行征战西凉。

初闻消息，王宝钏也惊也怨，可旨意已下，何况他不去博他的军功，难道要与她一道守寒窑吗？她自己选中的男人，为此与父决裂，总要争一口气。

她只问，我怎么办？

薛平贵回她，十担干柴米八斗，你在寒窑度春秋，守得我来你就守，守不得我来把我丢。

他把她的衣食都安排妥当，并且告诉她，是走是留都随你。他深知此行不知三年五载，吉凶未卜，她就算愿意等也不一定能等回他，索性把决定权交给她，不给她任何约束。

这句交代，颇有光明磊落的男儿风范。

但她，却有自己的考量：马备双鞍路难走，女嫁二夫骂名流，三年五载将你守，富贵荣华一旦丢，守不过你也要守，饿死寒窑不回头。

她考虑得多，还心心念念着她的"留名万古题"，只想做个痴情人，况且富贵荣华都丢了，哪里会熬不下来三年五载。

守不过你也要守，饿死寒窑不回头。

她自己许下的誓言，她已准备好用余生的倔强去守。

守，从来就不是三年五载的事，那是一个寂寞的姿态，孤芳独赏，遍目凄凉。

她那做主帅的姐夫魏虎班师回朝时路过寒窑，告诉她薛平贵已命丧西凉。眼泪止不住地掉时，她才明白，他从不仅仅是她的希望、她想挽回的面子，心底深处，他只是她的爱而已。是为了这份爱，她弃了雕梁画栋、珍馐美味，耐着窑洞的寒暑风沙，受着生活柴米油盐的艰窘，只因为粗茶淡饭的光阴里，一针一线都是他。

这样鲜活的爱，怎么会死。她不相信，无论如何都不信。她坚信这是她父亲想逼她改嫁的阴谋，宁死不离寒窑。

说好了的，守不过你也要守，现在就是兑现承诺的时候。

在她不知道的地方，她思念的夫，却有另一番人生境遇。

当年魏虎挂帅，薛平贵为前战先行，他得胜回来，魏虎假意庆功，用酒将他灌醉，绑在红鬃烈马之上，放与西凉，被西凉代战公主擒来，献于老王。就像当初王宝钏一眼看上他一样，西凉王没杀他，反将公主许配给他。而后西凉王晏驾，代战保他登基。他当着他的西凉王，拥着他的代战公主，一晃便是一十八载。

家有寒妻的眷恋在岁月里被磨损得太薄，薄到剩下偶尔一转念的记得，那记得里还不一定只是她，还有一半要分给家国故土。诺言尚有违背时，且他从未给过她诺言，还明白地告诉过她，守不得我来把我丢。对此，他坦然无愧疚。

但他毕竟情意尚存，又突然收到王宝钏的血书，"早来三天还相见，迟来三天不能团圆"，不免担心想念。打定主意要回去一趟，却不敢讲实情告知代战公主，于是设计灌醉代战，盗取令牌，偷过三关归国。

一马离了西凉界。

这折《武家坡》，是《红鬃烈马》里的经典，我也爱听，可每每听来，总不是滋味。

他在坡前偶遇她，欺她未能认出他来，还装作送信的旁人调戏说薛平贵已将王宝钏另配给他。他全然不顾这十八年她的熬，只凭着自己的高兴就随意玩笑。直到最后他掏出血书相认，王宝钏还怀疑，我的夫哪有五绺髯。

薛平贵看着她，唱，少年子弟江湖老，红粉佳人两鬓斑，三姐不信菱花看，也不似当年彩楼前。

当年彩楼前。她哪还能记起当年模样。不是记不得，只是不敢，她要靠着向前的无畏来守他，根本不敢转头望向当年的自己。寒窑里没有菱花镜，只有一盆水。水盆里照容颜，容颜早不复当年。

她不惊慌，亦不委屈，只轻描淡写一句，十八载老了王宝钏。

只是老了，只能老了，怎不老呢。

十八载的无怨无悔，是当初彩楼之上那个意气风发的富家小姐从未想到的。等到等待成了习惯，十八载倏忽过了，面对已成为西凉王的夫，却不知该说些什么。

他才回来时，望着熟悉的故土，觉得自己好似一孤雁归来，有种寂寥与沧桑。他没想过，她红粉佳人两鬓斑时，他却拥着新的佳人，过着另一种生活，十八年后，才想起来给一句交代。

只是事到如今，不比谁更苦，都是甘愿罢了。

薛平贵终在代战的帮助下夺得唐王的座椅，王宝钏也顺理成章地被封为正宫，十八天后去世。情死心死。这个位子，她用十八年的青春来换，甚至把唯一的爱情都分了出去，却只换了十八天的光荣。

说是光荣，还不知有怎样的苦在那高高在上的笑容背后。

人生的道理，说是没用的，只有尝到了酸苦滋味，才会不劝自懂。最后的最后，可能，也只是可能，她懂了。

阴雨缠绵，冷风中孱弱的草木弓折了身，不知是谦卑还是自在。

我在温暖室内，听着这场坚守的戏，想起一首《忆江南》。

红绣被，两两间鸳鸯。不是鸟中偏爱尔，为缘交颈睡南塘。全胜薄情郎。

浓情攥在手里，绣了鸳鸯喜被，图的是鸳鸯交颈比翼双飞的念。只可惜看走了眼，那人说移情就移情。既是这般，尽可抛了他去，只留着绣好的被子温暖尘世中的自己。

我还是更喜欢这样亮烈情直的女子。不是对世间的爱有犹疑，只是必须承认，泱泱尘世，总有些人是不值得信任的，有些情是用来被辜负的。山盟海誓，可信，但要看是对谁。

这才是对爱情最好的信守，崇拜而不盲目，投入而留有自我。

《锁麟囊》
回首繁华如梦渺

春秋亭外风雨暴，何处悲声破寂
寥；隔帘只见一花轿，想必是新婚渡
鹊桥。吉日良辰当欢笑，为什么鲛珠
化泪抛？

一方静小天地，空气仿佛息止。

四周陶瓶里或壁上，插着绢花，没有香气，有色泽，婉映着温碧的灯光，泼染成一幅水湄清疏的画。

绢花的制作是一番饶有情意的过程。

准备绚彩的薄丝绢、白棉花、软铁丝……还有不言不语的安静。

伊始，要用铁丝塑成花枝的初模，舒展开的花瓣是直接以丝绢环绕模型紧紧束裹而成的，含蕾则需把白棉花填充进丝绢，套成苞朵的模样，再嵌入枝干。

　　选择烟波蓝的丝绢，爱它沉敛内腴的好，像是把心浸入月光，一寸一寸地平宁。制成的花可长久保留，日日泅开藻缠般的世事，守护着深海幽静。

　　制作绢花时，将所有心思浇灌入专注与沉迷之中，不视他物，也无须外人旁观。

　　我喜欢独自做一件事的姿态。在安静的空间谧滞的时间，不移身，不移神，只使心思驻扎于手中的物事。或画一幅画，或听一出戏，或酣畅写作，又或是完成一朵花。

　　在做这些的时候，内心安宁而无怨。

　　登州，地处山东，靠着大海，不是江南鱼米之乡的富庶。但这一切对出生于登州富商之家的大小姐薛湘灵并没有什么影响。她专心做着她的待嫁女，待嫁也不慌乱——乱的是丫头梅香，递上来的嫁鞋花样儿，她家小姐总瞧不上。

　　薛湘灵只在那绣帘里轻巧地唱：那花样儿要鸳鸯戏水的。鸳鸯么，一个要飞的，一个要游的，不要太小，也不要太大。鸳鸯要五色，彩羽透清波。莫绣鞋尖处，提防走路磨。配影须加画，衬个红莲花。莲心用金线，莲瓣用朱砂。

　　大户小姐的做派十足十，端重又挑剔，好似嫁娶这件事本身并未给她多大的冲击。但她心里未必就这么静：

（四平调）怕流水年华春去渺，

　　　　一样心情百样娇。

　　　　非是我心情多骄傲，

　　　　如意珠儿手未操。

　　她的怕，是一句流水年华春去渺，含了多少对未来的憧憬与惶惑。嫁是父母之命媒妁之言，年华却是自己的，虽说清楚未来的日子定不会有琐碎里的愁，但想着念着千回百转，心中总有不安。

　　父母再疼她，也不能替她走接下来的年月，唯有祝福包裹在充盈的锁麟囊里，尽其可能地把价值不菲的珠宝装在囊中，望她出了薛家的门，还能一辈子衣食无忧。

　　她来不及感念高堂的心，忐忑之间就到了出嫁日，青丝高挽红衣披身，花轿颠颠簸簸她已踏上了另一条路。这一日，并非云蒸霞蔚的晴日，天本就阴沉，倏忽间风雨大作，实在无法赶路，只好在旁边的春秋亭避雨。

　　红颜新妆，按规矩她不能下轿一览风雨大作的景象，只能听一听风声和雨的嘈杂。对面竟然又来了一顶花轿，只是红黄难辨质地下乘，梅香在一旁与家奴薛良窃窃议论。

她都听到了，听到了梅香的话，还有不远处传来的女子哭声。

薛湘灵：（西皮二六）春秋亭外风雨暴，

何处悲声破寂寥；

隔帘只见一花轿，

想必是新婚渡鹊桥。

吉日良辰当欢笑，

为什么鲛珠化泪抛？

她想到这，顿了顿，突然叹气，

（西皮快板）此时却又明白了，

世上哪有尽富豪！

也有饥寒悲怀抱，

也有失意痛哭号啕；

轿内的人儿弹别调，

必有隐情在心潮。

也许，是所有人都误解了她。她并不是只会要求鸳鸯戏水花样的娇小姐，在旁人所不见的地方，她清晰地知晓着这个世上的无奈与痛苦。只是平常光阴，她无忧无虑，那些不曾经历过，也就不曾有资格说。

轿内哭声不歇，薛湘灵不忍，派梅香前去问清情况。

梅香劝道，小姐，咱们避咱们的雨，他们避他们的雨，等到雨过天晴，各自走去，咱们管她哭不哭哪。

是不该管，各人有各人伤悲，谁都不能拯救谁，况是她们这样萍水相逢的过路客。但薛湘灵毕竟第一次遇见这样的人事，心里正有许多的善意无处施，非得让人去问个究竟。

一问才知，这户姓赵的人家因家业贫寒，无有妆奁陪嫁，又赶上这样大雨，赵家小姐恐父亲心中不安，故而啼哭。说了，从未发愁过金钱的薛湘灵也未必能全懂赵家小姐的心思，但不懂不要紧，世界千百苦，哪能全懂。要紧的是她心善。她只是想着，我今不足她正少，她为饥寒我为娇，觉得应该帮人家一把。于是顺手就把身上的锁麟囊递了出去。

梅香不同意，锁麟囊是老夫人盼她早降麟儿的祝愿，送出去岂不辜负了心意？

她只说，这都是神话凭空造，小小囊儿何足道，慰她饥渴胜琼瑶。

只不过是，想要在这陌生的世间行一份善意罢了。不顾前因，亦没想后果。

风雨休歇，停下的人要重新踏上各自的旅程。这一走，便是人生境地两番遭遇。

人生分阶段，戏分幕。幕再打开，她成家生子，六年光阴去。

她照样在富庶里养着，日子过得波澜不惊，选了晴和的一天，带儿子回一趟娘家。也是真的幸福，不然没有底气说出"新婚后不觉得光阴似箭，驻青春依旧是玉貌朱颜"这样的话来。

也许是她太幸，老天要让她见见这人世诸多的不幸。登州突发大水，遭遇洪水的难民匆忙四散，冲散了正与孩子仆人游长街的她。家中万贯钱财，也尽没于这场洪水中。

而此刻的薛湘灵，根本没机会考虑家财的事，她恍惚间随人潮一起上了开往莱州的船，面对举目无亲的异乡，想着家中亲人可能皆已葬身水中，她悲不自禁。

悲却不能让她活下去，她再不是登州那个可以挑三拣四的大小姐，也不是随从在侧的娇太太。经人介绍，她到卢府成了小少爷的老妈子。

小儿难哄，尤其是这般富户娇养大的孩子。她最是明白不过，她自己的儿子不也是这般任性淘气从不为别人着想吗？只是想到当初的富贵放肆，心里全是酸辛。

薛湘灵：（二簧慢板）一霎时把七情俱已磨尽，

参到了酸辛处泪湿衣襟。

（二簧快三眼）我只道铁富贵一生铸定，

又谁知祸福事顷刻分明；

想当年我也曾绮装衣锦，

到今朝只落得破衣旧裙，

这也是老天爷一番教训，

他教我，

收余恨、免娇嗔、且自新、改性情，

休恋逝水，苦海回身，早悟兰因。

无常，是佛教里的一个词，因而《金刚经》中有言，一切有为法，如梦幻泡影，如露亦如电。人世间的素年锦时，哪一个分分秒秒不是一场恩赐，且从来无法参与下一个分秒的预演。所有发生，都只能接受，而能不能"收余恨、免娇嗔、且自新、改性情"，全看个人修为。

湘灵在这场人生无常里修为太好，所以那日陪小公子玩耍，到一处阁楼上捡拾抛丢的球，竟无意中发现了供奉在此的麟囊。

是她的锁麟囊，那镀金的绣线殷红的色，往昔历历在目，她不敢相信。

因果情缘，早已注定。当初春秋亭外她帮助的新娘赵守贞嫁来卢家，对那未见的情谊感念在心，特意将麟囊供奉。没曾想，竟在家中重逢了这风雨之交。得知薛湘灵就是当年的赠囊人，卢夫人自然敬如上宾，不久湘灵亲人寻来，终得一家团聚。

《锁麟囊》这出戏，是著名剧作家翁偶虹应程砚秋之约，根据清朝《剧说》中的故事改编创作的。古时在山东一带，女儿出嫁上轿前，母亲总要送一只绣有麒麟的锦袋，在其中装上珠宝首饰，含麒麟送子之意。

麒麟只是一场祝愿，真正的人生却还得靠心里的"愿"走下去。善因善果，在这出戏里不用说得更明白了，我其实更想知道，时过境迁，薛湘灵再回忆起这场辗转颠沛，会是怎般心情。

光阴迁徙如花落，迎晨启卷，在词牌册中读到一个名字，让我陡然一惊。

无怨。

它怎么会是词牌名呢？一首词根本无法阐释尽它的真谛。它像一场在红尘道场里的修行，不知要过尽几重千帆，阅尽几重山水才修得到这朵莲开。

它应是在最庄严、最贞静的时刻被人惟敬惟虔地说出，没有丝毫的犹豫与怀疑。

有时我甚至不敢言这两个字，好似一说出来，就有一种人生完满的感觉。

它使我想到信仰。

同样坚贞、虔诚，目中泛光的感觉。外国有宗教，朝见谒拜，魂灵静定有所皈依。中国自古有天地人，本质无异。宗教是信仰，天地人亦是信仰，是心中有可依凭的厚重积淀，是敬畏，是力量。

是世间万物无常里最坚韧的有常。

就在这个夏日，去邀海。海浪扑朔，日照蕴霞。

那番海风拂面的感觉，像是等了许久的冷灯乍然有了光，却只对月无言，惊起的讶意与感动都疼惜在心里。

浪浊声涌，我们入目所见的质杂，投入肤触所感知的芜乱，真实得叫人不知如何是好。常常被世界的面目阻了步伐，觉知形困心困，想要投入，又寻不到原谅的理由。有时，人其实无奈且怯懦。

但海风却肆。在礁石遍布的海域无所畏惧地疯狂高啸着。明知有痛，仍要拥抱。

无怨尤。

无怨的时光，或许就是一场风和静好，海碧空澄，那样干净且丰沛。而于这干净丰沛中，忘却以往的潮迭，在朗月稀星时，安然入眠。

顾城说，我相信，那一切都是种子。只有经过埋葬，才有生机。

《霍小玉》
为郎憔悴却羞郎

莲杯满注黄藤酒，对酒当歌反生愁。
你我结缡还未久，浓情蜜意甚绸缪。顿
然间你往家乡走，好似银河隔女牛。

小楼一夜，听品春雨，明朝深巷有卖花声声忙。卖的，是杏花，
那应是春天的缘故。若是入了秋，气爽天凉，是要卖桂花的。

桂，因其纹理如犀，又称木樨。京剧《卖水》里有唱词，干枝
梅的帐子，象牙花的床，鸳鸯花的枕头床上放，木樨花的褥子铺满床。
家长里短到极致，极致后见美。

《卖水》是荀派花旦的看家戏，娇俏清丽，天真烂漫，这也符合
荀派旦戏的一贯特色。只是人有多面，戏亦不单纯，有喜，便有悲，
好似人生从不是全然顺遂。荀派喜剧中有《红娘》《拾玉镯》，悲剧里，

今日想听的，是一出《霍小玉》。

她的爱情，起初，还有加一个字，是爱慕。和无数情窦初开的女子一样，她爱慕一个盛名远扬的才子，李益这个名字，已有了"长安第一才子"的光环，伴着他写过的无数佳句，随风落籽在许多少女心上，开出了一朵花。她也不例外，甚至比旁人更狂热，因为读诗，赏词句还是表浅，若在情意上能相通，太容易就将人击溃。

而她，恰好是个有遭遇的人。

她的母亲净持，原是玄宗时霍王爷府中的家婢，后成为侍妾，生下了女儿霍小玉。然而母女二人并未享受到王府的福，霍王去世后，就被王妃撵出了家门。虽不是小姐的命，但霍小玉心气傲，把自己当作小姐一般地活，诗词歌赋、笙管笛箫，她都精擅。

母亲看见女儿这般痴迷，正遇李益进京赶考，托了街坊鲍十一娘，到旅舍中说媒。李益本有娶妻之心，又听得霍小玉绝色倾城，爱读诗书，急忙应下，跟着鲍十一娘当即便去了霍家商议。

李益到时，霍小玉正倦起梳洗，她夜读李益的诗文又久难入眠，翌日醒来也还在恍惚中。忽闻李益就在堂前，她惊喜又收敛。

听说是十郎到喜在眉间，却怎奈男和女不便相见。

这话，她其实说得违心。男女之防她是放在心上，但却敌不过她早想与李益见面的迫切，只是想着得以最好的姿容相见，所以拖延点时间。开妆奁，对菱花，整云鬟，挽起乌云匀粉面，描眉画眼戴花钿，所有步骤都不能马虎不能省略，她知道自己美，但这美若要落到在意的人眼中，她不介意再添几分颜色。

霍小玉成功了，她抓住了这个男人的眼睛也抓住了他的心，李益几乎迫不及待地要娶小玉，且连入赘霍家的条件都不嫌。他才子的情结一出来，只觉得佳偶天成，配的还是如此绝色，得感激上天的怜念。

小玉的欣喜不会少于他，但她并不像平日里对他的诗文一样欣赏夸耀，而是说了这样一番话："奴爱郎君丰神雅，文章满腹好才华。今宵与你联姻娅，并非路柳与墙花。"

她是那样的清醒。幸福她要，这么短暂的时间定下一门姻缘她亦不推辞，但她不愿意让李益觉得她嫁他是轻浮随意。她告诉他，她不是路柳墙花，嫁他，是因为她真心恋慕，心甘情愿。她希望他懂。

但开弓没有回头路，不管李益懂不懂，她还是嫁了。

新婚总是好的。饮酒赋诗，赏花玩月，全是她以往梦想中才子佳人的生活，没有钱财名利人情往来，她也不用做出多大改变，每日依旧阅文作画，不理琐杂。小女儿天地于她而言已然足够，于李益，却未免窄小。安逸太久，才思也就断了，这几日他科考在外，所做诗文俱不佳，他不免担心倘若名落孙山该如何是好。

霍小玉是从富贵之上跌落的人，早没有名利的忧虑，只宽慰他，功名二字，原本无定，今科不中，下科再考。

说进李益耳中，却说不到他心上。她其实从没想过，她所爱慕的那个做得一手好诗文的李十郎，原是多么渴望功名虚荣的人。

好在揭榜之日传来消息，不算好，可也不坏，第八名进士，他也能跟自己交差了。

只是心头总有道坎过不去。他禁不住想，若是霍小玉出身豪门，能在他的前程上帮一把，再凭着他李益的才气，怎么也不至落到第八名的境地。

没有谁的念头是不染尘的，区别在于沾得多了，也就脏了。李益还没来得及关上抵御的门，就有人吹来了一阵沙。他的母亲寄来家书，言道在家中已为他聘定豪门之女，令他即刻回去。

他早就有了劳燕分飞的打算，而今不过是找到了"母命难违"作为说服自己的借口，好似这样一来，抛妻之举就理直气壮了。

他骗小玉说，家中母亲病重，他必须回家探望，而小玉并未见过家中长辈，便暂时不要回去。她信任他，不曾怀疑半分，又实在心中牵念，不顾李益的反对，至长亭送别。

人生极苦事，死别与生离。她哀愁上心头，只想把相思言尽：

（西皮二六板）莲杯满注黄滕酒，

对酒当歌反生愁。

你我结缡还未久，

浓情蜜意甚绸缪。

顿然间你往家乡走，

好似银河隔女牛。

结缡还未久，浓情蜜意甚绸缪。她哪里想得到她自以为的浓情蜜意只是一场笑话，当初他迫不及待要娶她，而今却迫不及待要离她。她缠缠绵绵专注倾诉，未曾注意他的眉头久皱不消。

待她嘱咐完尽，李益正准备离开，她却又叫住他，拔下发上的紫玉钗，替代折柳送别，予他做个念想。李益假装垂泪，挥马而去时，偷偷扔掉了钗。

这一扔，他是真的下了狠心了，但凡她的物件，他都不愿再沾染。她以为人生极苦不过生离死别，却不知当曾经的痴情化作了老死不相往来的决绝，苦在心头，只难言。

她也是真的难言。李益探母，一去便再无音讯，她连哭诉都找不到人，朝思暮想间把自己熬出病来。

而如今的李益，却是暮春三月佳风景，携美重游好风光。他做了高官贵婿，自也是水涨船高，顺利走上仕途。街头巧遇鲍十一娘，李益连话都不愿与她说，直接让人赶走了她。

鲍十一娘找霍小玉报信，停妻再娶，她怎么也不敢信，还替他辩解，说不定是那卢家仗势欺人逼迫他。

但她心里明白，这些，不过是自欺欺人的安慰。只是走到这一步，能自欺也是好呀，她终归是不甘心，定下了卖钗记，让鲍十一娘以卖钗为名混进李益府中，期盼能再与他见一面。

真的负了心，哪就那么容易回心转意，百般追问也不过是又一出《秦香莲》，人心丑恶时，丑恶的嘴脸都是一致。

戏之为戏，因为终有善恶的因果报，陈世美有包拯来审，李益亦有侠义的黄衫客来惩。只是霍小玉却没有秦香莲的运气从头来过，她从一开始就陷得太深，付出皆是心力。用痴情撑起的人生终究单薄，一旦抽去，如鱼无骨，再找不到拯救的办法。

埋骨成灰，她最终只能用死亡换回几个惊叹号镇在他的生命里。

自蒋防写下唐传奇《霍小玉传》以来，这个故事便有了诸多版本，汤显祖《紫钗记》于中取材，首次改为戏剧。而京剧《霍小玉》经荀慧生先生改编，集荀派声腔艺术精华，是荀派剧目中文辞最典丽、唱腔最好听的剧目之一。

《霍小玉传》里，小玉死前曾有过凄厉的咒怨：李君李君，今当永诀！我死之后，必为厉鬼，使君妻妾，终日不安。而京剧中，所有一厢深情的覆灭，都碎裂成那哀戚的表情和死别的眼神，言语上，最狠也不过一句"埋骨成灰恨未灰"。这样收敛。收敛得让人忍不住去想她曾经的柔情万千。

> 叹红颜薄命，
>
> 前生就美满姻缘付东流。
>
> 薄幸冤家，音信无有。
>
> 啼花月，枕边泪共那阶前雨，隔着窗儿点滴不休。

这段词，唱在李益走后久无音讯之时。她也曾那样痛那样苦，可是那时的叹怨里至少还有湿漉漉的女儿情怀，总好过最后身死心冷，连啼花泣月的滋味都忘了。

即使知道她一腔柔情错付，我也爱它。缠绵的意象，化到京剧有些硬朗的调子里，比一味的软更叫人动心。

我真愿意她既不是传奇里的长安名妓，也不是戏剧里的霍王孤女，来生，她要做就只做霍小玉，做清秋里的一丛桂，远离是是非非，花开己香，萦绕江南。

江南的古戏台，画梁方栋，极其巍焕。

听戏，入得深了，会分不清是戏如人生还是人生如戏。很多时候，生活并非那般的用意纯明。有些肆意，不止爱情的颜色。遇见那世事动人，牵挂物什，知心文字，也会。观一场场的他人悲欢、他山之石。

尽了你所有自以为笃定若泰山的一隅安宁，你才认得清这软红十丈的世尘下掩埋的本质。眉下，或繁或简的纷细就在烟火俗世里沉潜着，你躲开那些庸人自扰，殚虑自伤，也将免除无谓的失望与泪下。

还是更爱听"木樨花的褥子铺满床"，轻松跃脱，生命里没有更多的沉重要担负。

而桂花，本该是属于江南的花，有一派风流清长滋味，仿佛轻薄的白衫沾了初蕾的雨，飘逸似云，儒雅成士人模样。要踏着潮润青石板，撑着油纸伞独自徘徊，古老、悠绵，停留住大把时光。把时光停留成肩头暗绣的蝶，那儿，翩飞着归梦。

桂花亦是可以吃的花。酵花为酒，得桂花酿。蒸花为水，有桂花露。另可加糖，制成桂花糖芯，甜甜糯糯的情愫，像相思。《影梅庵忆语》里曾提及董小宛制作的一种"鲜花糖露"：酿饴为露，和以盐梅，凡有色香花蕊，皆于初放时采渍之，经年香味、颜色不变，红鲜如摘。而花汁融液露中，入口喷鼻，奇香异艳，非复恒有。

这般蕙质曼妙的过程，要自梅子熟时始，摘青梅制梅子酱，待到备好鲜花，再将梅酱并上盐卤和入，等待花蕊香芬尽融其中。

也于他人处学得桂花糖芯的制法。摘选花质纯净、饱满厚实、香色俱在的花，一粒粒铺平在透明的玻璃罐子里，只薄薄铺上一层，再于其上均匀洒落一层绵白糖。铺花时，漫漫徐徐，如同侍奉一段心意拳拳、安然白首的时光。就这般一层花一层糖地垒上去，到最后，加盖封藏。好的作品是要等的，要让时间引香入糖，使糖融于花，才算结束。常常当季的桂花糖芯不能当季食用，等过了清秋，再闻得桂花清甜，轻易便叫人起怀念。

这是很有意思的手工过程，只是我一向不太喜过于甜腻的食物，因而只看看就好。心中的蠢蠢欲动亦不是无处垂向。买了清鲜的柠檬，合皮切片，依样酿在花蜜里，用时取上三四片，连同玫瑰或其他花卉泡水代茶饮。香漾清转。若是切制前能放置冷藏室冰冻一宿，下刀时柠檬丰沛的汁液便不会四溅开去，可锁全保留。一个小技巧，于生活锦上添花。

几年前，住所附近有成丛的桂，乖静地候在小路之旁，不招惹，不醒目。吸引我的注意，仅是凭着花香。桂花的香是溢出来的，馥郁幽沉，几分妩媚，几分妖冶，染在眉眼之间，是有风花而无雪月的故事。

但开在灵隐寺的桂，却斩落三千情丝，脱俗离尘隐居世外。所以宋子问写，"桂子月中落，天香云外飘"。它依旧是香的，只是不关乎爱恨，不关乎己身。

桂花，是遇见的一朵纱白色，绢绣在指间。情疏迹远只香留。投映成眼底深深的影，十里春风，千滩繁华，一幕又一幕地谢。

它是回忆里关于童年的刻烙，有香软好吃的桂花糕，有阖家团圆的中秋夜，还有传说里寂寥伐桂，陪着嫦娥的吴刚。

寡合又多情。

那一日，物候与我两厢安好，日光有着明确的招摇。那一日，必是天高疏旷，秋阳呆呆。我坐于树下，看庭院桂花嫣嫣地开，嘶哑而透亮的唱腔，一开口，就是"中庭地白树栖鸦，冷露无声湿桂花"。一唱就入了夜。

王建诗作，中庭地白树栖鸦，冷露无声湿桂花，我觉得是最显桂花风姿的。要入了画境才入了诗境，而他的画是无色，是庭空地空寒鸦噤声的空，是露冷人冷而花开寂寞冷。香要凝了，才是好香；花要在人心寥落不奈赏时而被赏，才是好花。

它是人间烟火色，酝酿早碎了一地，余下字里行间的清正雅吉，天涯四散，拥抱偶遇的人事。

越 · 隔帘写意

《孔雀东南飞》
生死同心当共逝

> 兰芝：惜别离，惜别离，无限情丝弦中寄。弦声淙淙似流水，怨郎此去无归期。

注定要写的一个故事，有时，却偏生忘了从何处起笔。

说起他与她，心底熟悉的铺陈全用不上。他只是庐江的一个府小吏，而不是风流倜傥的才子，排不出著作等身；她也只是庐江一个普通持家的女子，并非名流佳人，唯一胜于旁人的，大概也就是"十三能织素，十四学裁衣，十五弹箜篌，十六诵诗书"。但偏偏这行行列列的成绩，不在她值得炫耀的眼里，她更欢喜的，是那一句"十七为君妇"。

小人物也有小人物的悲喜，她选择的爱情也是她的人生。

《孔雀东南飞》这出戏依据汉乐府《古诗为焦仲卿妻作》而编，情节与风波都太为人所熟知，但戏曲这个艺术形式很特殊，故事只是它原古的身躯，唱腔、念白、功法、身段才好比是簪的发、织的衣，少了一样都算不得国色天香。

红罗帐垂香囊，她半遮面浅施笑。凤冠霞帔在许多的故事里，是结局，到她这儿，却是伊始。

寝枕四角绣鸳鸯，嫁衣纱帘十数箱。对这门婚事，她尽心尽力做了完全准备，不只是为了摆设，凭的是心底的情。结发就是为了同甘苦，她把一切都交与知根知底的他，什么都没给自己剩下的时候，所求唯是一句"但不辜负"。

一嫁便是三年。三年里，焦仲卿忙于公事长时间不在家中。诗人的诗里才有朝朝暮暮，普通人的生活零碎繁杂，除了处理大小家事，还得把握与人的相处。

人与人之间的缘分很奇怪，做不来假也扮不得真。刘兰芝貌美贤良，按理说该得到每个人的喜爱才对，但奇怪的是，她怎么都讨不了焦仲卿母亲的欢心。

其实不能说是她讨不得欢心。是谁说的，爱情就是和你在一起时我的样子。焦母厌弃的，偏偏就是她的儿子和这个女人在一起的样子。于是她的所作所为，全成了进退失举，还要拖累着她的儿子一起失了规矩。

所以，她遣她还家，是为了整复门楣。再正当不过的理由。

刁难和责骂，都是常事，她本想瞒过他去，可是太难了。

兰芝：她嫌我，自专由，无礼节，容貌丑，学问浅，秉性粗鄙教养少，焦家门楣失体面。

这话，连重复都是心酸，她原是不必受这不堪和嘲辱的，却偏因规矩教化，不敢反驳半句。讲给他听，也仅仅是因为忍得太辛苦，没有任何别的念头。

焦仲卿当然知道她的体贴和柔善，正因为知道，才觉得愧对。他也是为难，两头为难，情孝难全，但这次已闹到了遣家还的地步，若再不开口，就可能无机会了。冲动之下便忘了规矩，找到焦母为兰芝理论。可想而知，不过是加剧了焦母对儿媳的不满，竟要让兰芝即刻返家。

她再被唤出来的时候，已经猜到是怎样的结局。

躲不过的命运，终究要到面对的时刻，她伤情，他痛心，可是她与他都无法改变，就这样在鸡鸣里等着黎明的宣召。尚未沾笔墨的休书在案前，直接判了他们一个死刑。

兰芝：惜别离，惜别离，无限情丝弦中寄。弦声淙淙似流水，怨郎此去无归期。

仲卿：惜别离，惜别离，无限情丝弦中寄。弦声习习似秋风，仲卿难舍我爱妻。

互诉衷肠在此刻那么无力，但从此后，她将再不是他的妻，除却这衷肠，她也不知他们之间还有什么联系。

兰芝：记得那年春花发，谢别高堂到君家。侍奉公姥勤作息，我是进退应答不敢差。才貌丑、妆奁坏，当初何必遣媒酌？纵然我德言容工尽丧亡，也未曾把你焦氏门风败。成婚三年无生养，这早晚供养恩也大。含辛茹苦竟遭驱遣，今世料难再回家。如今我也无别话，我把妆奁全留下。箱帘六七十，珞璎并珠花，虽然是人已践、物已鄙，你重娶新人自有新陪嫁。此物不足留后人，聊供驱遣你莫忘却。

那些妆奁，本就是给他的。

当初她在闺房里一针针地绣，盼的全是偕老共白首，哪里想到最后竟绣得个鸳鸯离伴游。可即便她要走了，她还是愿意把情意留给他，祝福也好，念想也罢，总不能皆如往昔，让一切和来时一个模样，否则，她三年的付出才真是幻灭。

说什么求得个爱情专一、姻缘美满就无奢，她求得了，求得了又怎样，她倒是等到了一颗此心不渝，说失去就失去。

到底世事无常。

他终是舍不得，看着她的马车在视线中越行越远，真怕从此她也成了他记忆中一道渐渐模糊的风景。背着母亲疾驰向前追赶上她，不管她责怨生疏的语气，只是想告诉她他的苦他的难，只是想要，再陪她走一程而已。

刘兰芝不愿意。上千个日夜的温柔小意在此刻迸发出了被磨砺后的坚决心狠，她既已被无情休，还要揣着那端庄静淑给谁看。她也只不过是一个普通的人，一个有情绪有想法的人。

兰芝（唱）：非是兰芝将你怨，

我恨你，懦弱成性无决断。

是非曲直未尝管，

逆来顺受不反叛！

兰芝原是无过犯，

这一纸休书……这一纸休书何以堪！

留我在家你不敢，

临行不能送我回家园。

你莫怪，兰芝心肠不肯软，

仲卿呀，兰芝心中似箭穿。

说到底，她还是怨的吧。

怎不怨，除了规矩礼教，还有爱呀。礼教让她心冷，可这无作为的爱差点要叫她心死，只是尚能凭着理智，理解他的无可奈何，才算又活过来。心深处，多么想要陪着他一起扛，他怎么就不明白，当初一句"结发同甘苦"，并不只是好看的誓言。

妾心可以蒲苇纫如丝，只要君能磐石无转移。

可是兰芝没料到，要守住这约，真正为难的却是她。

她本是家中最省心的女儿，本想着良家为妇，能慧持一辈子，怎想经此大辱，不见七出即被休弃，让家中长辈兄弟也感蒙羞。

家人的责难怪罪，她虽委屈难受，到底咬咬牙还受得，可是很快家中便张罗着要给她另结亲事。母兄相逼，她哭过闹过，最终还是依从了。

她终于懂了焦仲卿当初的难。

或者不是他的难，亦不是她的难，只是世道艰难，他们流离其中，从来做不得主……

双双赴死的决定，仓促却又自然，仿佛早已临渊颤颤，无路可走，只等着这一死来结束纠缠无定的爱情。

可我，竟不能为这个悲哀的结局落一颗泪。

小时候读书，读到"不如相忘于江湖"，只觉得好狠心。其实哪里是不如相忘于江湖，是相呴以湿，相濡以沫，不如相忘啊。是要有人世间最诚恳的情意，才会做出这样残忍又无奈的决定，它比死更难，比活更苦，可是它让爱，变得鲜活持久。

宁可不见，也要把爱化作生命的绵长。

相见争如不见，有情何似无情。

这一句诗，也许才是"不见"未曾说出的真心。只是没想到，司马光亦写过如此哀绵悱恻的句子。他不再是那个编纂史学巨著《资治通鉴》的博雅学士，而只是一片明月鉴冰心的深情男子。仿佛是最深爱的那个人，她来了，住进了他心底就再未出来过。

不是真的不想见，只是可以隐忍着不见。相呴以湿，相濡以沫，不如相忘于江湖。不是真的想与你走散在江湖，是因为泉水干涸，再苦苦相执于这方陆地，我们将两败俱伤。那么，不如放手，不如各安一角天涯，与其碧落黄泉，不如尘世鸳鸯，失了伴游，还有命在。

命在，至少还能怀念。

而焦仲卿与刘兰芝，真不该殉这份情。

爱在心里，情就系在岁月上。即使什么都看开了，谁都不再见了，仍有对尘世深深的眷。是每逢正月元宵便要徜徉灯海，把人语中的谜谱成曲，日日弹奏给红尘中的心。

《玉蜻蜓》
人生在世若浮云

怨只怨我当初拒婚不果断，逆缘
未断良缘断。一段隐患何时了，离恨
终天心不甘。

桃之夭夭，自有其华灼灼。

秾艳的春时，桃林里四处嫣粉，时而风过，吹散香软的瓣。一场桃花雨，洒落的尽是温柔。分明是若水轻霞、团扇娇掩的颜色，偏生比朱赤更为热忱。妩媚，却不谄媚。一树的多情滋生，仿佛深爱入骨的情感。

整个春天，唯她二八少女心怀缱绻。桃花一谢，再找不到笑看春风、潋滟目光的花了。像是有时会突然想起的半句诗。只有半句，余下的一半，怎样都续不出来。于是未尽的这一半，便成了独好。

桃花不代表爱情，桃花就是爱情。遇见她，就知是耶非耶，多少袭来无端的惘惑不必再歌以咏志。听风过花间，无休无止的情音动了弦。

崔护的"人面桃花相映红"，恰若相思笺纸，浅浅一沓摞印在心上，弥发无限牵挂。我却不喜欢。人面不知何处去，桃花依旧笑春风。再是桃花依旧，却人踪无处寻，字里行间阐述的故事与风景，都是悲凉。可是桃花，不应该是悲伤的花。她适合将恋意及温存点点地婵媛流淌，从热闹园市，再到孤岛花林，直至海角天涯。用水流般的温柔抚慰花香。

目之所见继而生发想象的美，未必与真实匹配。譬如艾叶。清雅淡泊的名字，长在乡野田畴间，天生带有亲和清新的气质，教人无比憧憬。但艾香却真真在在地不好闻，只一股冲鼻的味，绝没有梦幻中那般袅袅生烟的翩鸿姿态。

桃花则不然。她是名实俱美的花。"桃花"二字是染了胭脂的面颊，逢人便面现微笑，读它出来的声音有心意，写它下来的笔画有情意。而桃花本身则有清瘦的媚，不是丰沃到过犹不及的，也不是单一媚俗的，宛如花旦，因为不老，所以艳气里有英姿飒爽。

山上的桃花虽开得晚些，但已是艳盛了，晴和日长，适合春游。

古人的春游不似如今，成群结队呼亲伴友，带了满囊的工具安营扎寨，逃离一场城市的硝烟。古人的春游是赏春，同游之人也是有讲究的，话不投机者绝不深交，志趣相合的伴才肯给这并行的机会。并，是双手打开心的门。

沈君卿和申贵升的这次同游，却没有那许多打算与考量，大抵只是近来申贵升情绪不佳，便叫上了师兄沈君卿来散散心。

来的地方，是姑苏山塘，春光正好，桃花正艳，沈君卿备了一葫芦的好酒，欲与申贵升畅饮。

申贵升出场的时候，我忍不住惊艳了一番。

江南孕育的才子，总有股雨湿青苔的温润感，尤其是在越剧里，俊俏的小生多由女子扮演，行走之间不但不显媚态，反倒是难见的风流与雅。这个申贵升便是如此，白衣洒沓的书卷气，气华自高，一扬扇，一转步，皆有翩翩的韵度。

可是一开口，说的却是，桃花妖艳轻薄，观之令人不畅。

他与好友来赏花，本该赏这最是春意潋滟的桃花，哪知看在眼里全是不喜。沈君卿懂他，一是情绪不快，二来，所谓妖艳轻薄不过是犯了他傲气文人的那点子心气，也不与他较真，只带着他转折山路，另寻风景。

山路迂回萦上，忽见柳荫深处一片幽静，坐落着姑苏有名的法华庵。

申贵升鄙夷，佛门圣地不种翠竹，竟种上了桃花。

沈君卿却笑答，此处桃花不比他处。

沈（唱）：十个指头分长短，一树桃李有甜酸。桃花五瓣天下同，可就是种花人儿不一般。不一般柳腰细细女婵娟，命犯华盖落尼庵。落尼庵闲来孜孜读书卷，书画文章样样专。样样专最是医卜与星算，行医济世广积善。广积善姑苏城中人人知，方圆百里美名传。美名传颂王志贞，好似那桃红柳绿春满园。

女主角还未出场，就在这番絮叨里赚足了噱头。才貌俱佳的妙尼，又心善人慈，让看客等得焦急。而沈申二人一番"尼姑种桃失品行"的争论终于惹来了庵内的王志贞。

申贵升：门内拜三宝，门外栽艳桃。试问种桃人，修佛还修妖。

王志贞：此花结仙果，千年赴蟠桃。庸者自不识，可恶且可笑。

果非凡人。

只这一句赞赏已足够。不能再有更多的话语去表述他此时的心情，他转山转水转到了这山寺，本以为是尘缘无心，直到此时王志贞凭着这一见一唱一答扎根进他心里，才明白了，他的缘，竟原是一场山寺桃花始盛开。

他自幼父母双亡，后因恩师有意撮合，娶了他的女儿张雅云为妻。但说到底只是师命难违，性情不投，近来争吵愈甚，因而才会与沈君卿相游散心。

但他真没料到，以为的人生阴冷里也能染出一点鲜妍。

本来他在相遇当天就想入庵找志贞的，是沈君卿以一句"莫忘家有绊脚绳"劝住了他。可是寂寞生花，早已止不住遍野的脚步。他思虑良久，还是又去了法华庵。

庵堂到底不是客楼，不是他访友会客、随性而来的地方，志贞也没有接见他的义务。几次三番地拜访，都没能见到想见的人。

他不死心，想起沈君卿曾说志贞最专医卜，灵机一动，竟装起病来。

王志贞是知道他在假装的，然而耐不住他好言软语，答应陪他游庵。她转身的时候，轻悄地唱："曾与他针锋麦芒酬诗韵，邂逅奇遇在桃林；前朝狂傲今朝痴，他又是恼人又惹人。"

是惹人了。惹了她静若秋池的一颗心。春光最媚时，庵前的桃花都没能动她的情摇她的意，如今却因为这个无端闯入的秀才而款摆了去，偏偏，她还禁制不住。

她带他去放生池，申贵升话里有话：你来看一池鲤鱼活生生，我道你茹斋吃素到终生，却原来一朝还俗要开荤。

她不甘心地回，十方檀越有善行，放生积德是修心。意指所有的活，所有的招摇，是因佛有善心，不是她动了凡心。

她不承认，申贵升也不放弃，行行间，指着迎面挂着的灯盏，对她说，你日添香油夜点灯，想必是目最明来心最清，心清不该做尼姑，明目错投庵堂门，似这等多才多艺的女婵娟，竟落得木鱼声中葬青春。

这已不是暗示，这是明言之下要直剖志贞的心。她其实慌乱难言，却只能用恼羞成怒来遮掩："施主出言太不逊，只怕我要下逐客令"。

他拦住她低声道歉，行至眼前正有一罗汉堂，略过前事不提，数起罗汉来。

志贞阻他，这数罗汉是有讲究的，善男信女要根据自己的年龄来数。

他报了自己的年龄，志贞帮他数，数完他又讨要她的年龄，他来替她数。志贞躲不过去，说了年龄。

十六。他二人皆是十六，妙得不能再妙的数，比庵外的桃花还要灿美。

数过来，对应的菩萨也都是长眉大仙。他说，那菩萨，在冲你笑呢。

她看到了，哪里是菩萨在冲她笑，是爱情的面庞温柔带笑。

戏一开场就唱过，游人只识桃花艳，露沾花容花含泪，有谁惜春光。她这朵桃花已经寂寥太久了，她放下一身的潋滟，独入空虚，仿佛锁了几世的春光。而他，就这样握着钥匙开启了门，破了她无知无识的孑然，连拒绝的余地都没有。

只能随着未谢的春，去爱一场。

这爱，大约在佛前求五百年还不够。不够他还那无法光明磊落与心爱女子共白头的债，也不够她平息那牵涉俗世，还爱上一个有妇之夫的愧疚。

她的愧疚，苦到心底，而他还不了的债，却日日困扰他在周身，终累及至性命，病榻之上只剩一息生机。

申贵升（唱）：怨只怨我当初拒婚不果断，逆缘未断良缘断。一段隐患何时了，离恨终天心不甘。

其实还是晚了，现在的怨现在的悔，都已换不回一个曾经，求一个重来的机会。

他带着遗憾逝去。

痛的是她。失了爱人，还依着他最后的劝说，把襁褓里的孩子送出了庵门。是幸非幸，全凭当初他和她的信物玉蜻蜓为引，若还能母子重逢，只能感激上苍。

《玉蜻蜓》是福建芳华越剧团的骨子老戏，不同版本虽删删改改，但大体情节是不变的。

后来的故事，我并不太喜欢，总觉得有些为戏而戏的故作团圆。

那个不得已被弃的婴孩被侍郎夫人徐杨氏拾得，取名"元宰"，视若掌上明珠。七岁时，偶见申贵升的妻子张雅云，好似故人的亲切感让她把徐元宰收作了义子。

梨园行里有句话，有戏则长，无戏则短。九年飞逝，徐元宰已十六岁，解元得中，获悉身世，到法华庵寻母。

前面的故事如此起伏，《玉蜻蜓》这本戏却是以最后庵堂认母的情节为重。试探解惑，说了那么多，唱了那么久，一出"认母"，重要的不是母子团圆，而是要让十余年的爱恨在徐元宰的劝说中散化，一子三母，隔阂尽消。

圆满收场，但我仍忘不了的，是志贞与元宰在罗汉堂的一番对话：

徐元宰：哎，姨太，这是什么地方？

王志贞：喔，这是罗汉堂。

徐元宰：罗汉堂，甥儿我要数数罗汉，讨个吉利。

王志贞：这。

徐元宰：怎么这罗汉堂是进不得的?

王志贞：不，不，不。这数罗汉是要讲究哪只足先进。

徐元宰：好，好，好。姨太，甥儿我是右足先进，你替我数来。

王志贞：请问解元公青春几何?

徐元宰：怎么，你记不得了?

王志贞：怎么，你的年龄，贫尼怎么会知道呢!

徐元宰：你真的忘了十六年前的事了!

王志贞：解元公，一十六岁，右足先进。一、五、九、十、十五、十六!（申贵升："啊呀呀呀，十六十六，妙龄妙龄，真是妙得很，同龄同龄自然同命。"）

王志贞：怕提前情偏偏提前情，怕见旧景偏偏见旧景。心潮陡起难抑制，欲忍悲泪不能忍。

似曾相识的情节，转眼间却已匆匆十六年，那个曾在她十六岁那年陪她数罗汉的男子也已离去了十六年。

旧事难忘。

其实，那些过往，原不原谅又有何意义呢。

这夜，依偎在花侧，空气里曳开古典乐的声音。我被牵引，用心倾听，自得自适。听竹笛与筝音的胶着缠绵，一个朗逸男子，一个清雅女子，互诉衷情。山头月色皎皎似烟罗纱软，扬出一番梦境。

尘世间庸俗太多，只有清喜的当下才可遗忘。要么纯粹地洁白，要么纯粹地鲜红。世事有沉浸，亦有干净。

春日嫣然时，去桃花岛。不是名景，就位于这座小城的边郊，依陂而起的小山岛，没有桃林万顷，却风情曼妙自有韵味。

她是最会造梦的花了，一树一树云鬟花枝，团团在树干周围，根本可以不见花而只见色只闻香。我坐小船在林中穿梭，春日里风吹几多清凉，草色染绿了水，桃花蘸水盛放。我在梦里不愿醒来。

除了桃花岛，她应开在无人的红墙边，老旧斑驳的墙，支撑着岁月无尽的倾颓。她不知生长了多久，一枝花枝孤零零地伸长着，也许是崔护笔下失了踪迹的女子，避了世间的谣言叫嚣，自浪漫自芬芳，安静过余生。

若是时光宽允，她也可以待浮华浪蕊都尽，伴君幽独。

桃花如为女子，定为情爱呕尽了心血。她好似把一生都开在了一季，只等这一季，你不来，她真的会老。若守着一树桃花看两年，来岁定可察觉到她心苍累，一种经历过后的悲怆，一种等而无望的绝望。而奇怪的是，谁也说不出，此情缘何，此爱为谁。

大抵，爱本如此，说不清因由。不能解释的，才是最好的。因为一切随缘，自在欢悲。

《沉香扇》
牛郎织女鹊桥会

寻芳觅踪紧相随，实指望桃源有
路为我开。谁知道侯门一入深似海，
一墙隔开相思债。

"味"之一字，本身就拥有无限韵味。

类似篱篱村落上空，如丝袅去的烟缕，或是煎茶煮水，飘腾蜷
卧的水汽，都是时光中晃眼即被忽略的埃尘小物。可是细细想来，
它们皆有形色可赏，且其色净透，远纯白过冬雪，其形诡谲善变，
不亚于最出色舞队的列形。

真想这样轻唤着去赏。在无中赏出有，大概便是"味"。

最喜欢的一支木簪子，在苏州小镇买来。浅褐色的簪体，打磨
得极其光顺亮滑。顶端是双叶托花的造意，花是梅花，因着姿态雅

朴的叶片，我每每看，总觉得花是绿色的。这种错觉可真美，现实里极少见绿色的花，好像那是特别定制给叶的颜色。只有在人类的情感里，才能这样肆意地造美。就像每次我听到绿萼梅，也觉得是绿色的梅花。

绿色的梅花……该是春天的绢绣之妆，破冰向暖，冬封了一季的心被温活过来。

买下它，也因为这一番多情的联想。不知价格，不知材原，不知含义，只是心生一烛笃定，燃得矜持都站不住脚了，一定要买下。这是众生中的我，和群簪中的它，不期而遇的缘分。

收来后照例搁置收藏。也不知过了多长时间，某日打开衣屉，竟闻得脉脉一芯清香。香幽似檀，持续不止地发散，熏得整个衣盒都充斥这味道。我一件一件地将东西清腾出去，终于发现香味的传播者竟是那支梅花木簪。

写下这些字时，我的手中正把玩着它，凑拢鼻端，幽香仍清晰可嗅。

香味若是浅了，不过红颜卿轻，以色事人，恩情说散就散。它的香却是深的。深渊般的香，入了骨，化了骼，演绎成身体的一部分、心性的一部分，举手投足间散布出来。不迷醉，迷醉是一晌贪欢，总有苏醒的时候。只让人沉醉。似见一个气质嘉然的女子，一眼，就万年。

同是寺中的一场慈悲相遇，《沉香扇》的故事却比《西厢记》多了些鲜泼的活。

考中解元的书生徐文秀奉母亲之命来开封拜访舅父，却未访得，寄居于城中，旅途多寂寞，掩卷出门探景，行至大雄寺。听闻寺中多古迹，不吝时光，作此一游。

门前的小僧将他拦下，只因今日有蔡兵部府小姐到此进香，夫人吩咐，一律不准闲人进寺。

文人多清高，自是不服这等以权欺人的行为，小和尚见他恼怒，便邀他到禅房稍坐，待小姐回府，再行参观。

初参慧法的小僧料不到，他这一领，领的不只是一个观客过佛门。

蔡家小姐兰英，参拜了佛祖上了香，在丫鬟翠香的陪同下踏出殿槛，正遇上欲往禅房而去的徐文秀。

望顾之下，便是无言。想不通世间还有怎般悸动，如此刻，震得人说不出话来。真正的妄情动心，就是几秒的事，处现世而若游离，找不到寻常的自己。

回过神来才觉失了兵府小姐的态，不敢多说什么，转身便离去。

徐文秀还恋恋相看，喃喃着一句"观音出现"，一旁的小和尚接口，哪是什么观音，那是蔡府小姐。

他这才回过神来。并不似其他相思人一般痴痴地念，竟追着远离的队伍，一路尾随兰英到了蔡府。

徐文秀（唱）：寻芳觅踪紧相随，实指望桃源有路为我开。谁知道侯门一入深似海，一墙隔开相思债。回店吧，脚难抬；进去吧，门不开。小姐呀，你几次回头秋波盼，含情脉脉意难猜。料你也人虽进府心在外，料你也闷坐香闺尽徘徊。

一墙隔开相思债。

他被拦在门外，百般无措，可要让他走，他不甘。尤其为了那一句"你几次回头秋波盼"，他是宁愿凫溺不愿游的。

被相思逼上梁山的人，总要被逼出些不寻常的点子。轶事传闻里早已有个唐伯虎，为秋香卖身入华府为奴，同是为爱痴情苦的才子，他徐文秀狠一狠心，也把自己卖进了蔡府，当起了蔡家公子的书僮。

这样不留余地的付出，我真为他捏把汗。还好还好，蔡兰英的心如今亦是风乍起时吹皱的那一池春水。

御笔楼上，她漫遣心怀，幽幽地唱：满园春色如锦绣，反使我增添了惆怅，窗明几净多轩敞，只听楼下黄莺声声唱。黄莺儿啊，你叫不回这春光；蔡兰英啊，你见不到那才郎。早知道相逢只有一面缘，又何必几次回首两眼望。

这一场戏，也叫《游园》，却不是杜丽娘叹一曲"良辰美景奈何天"的青春怨。蔡兰英自诉柔肠，流连张望，望向了她自己的心扉。

情到深处，水到渠成。因而一重逢，便是定情。

她快要不知如何是好了，书香门第世代官宦，却为了一个她，甘愿来当一个小小书童。他痴心为她把身卖，她有什么理由不为他——酬夙愿——何况这愿，也是她愿。

初见那日他拾得她遗落的沉香扇，而今她也不要他还了，是她赠予他的，连同这心这情一并甘愿托付。

越剧发源于浙江省绍兴地区嵊县一带，最初只称为"小歌班"，多是村农艺人在农闲之际凭借一腔热忱唱戏，后来才逐渐职业化。1916年进入上海后，吸收绍剧、京剧所长，在茶楼以"绍兴文戏"之名演出，1938年，才改绍兴文戏称越剧。

《沉香扇》是绍兴文戏时期的常演曲目，传统喜剧。就为这一个"喜"，哪怕看见蔡夫人得知实情后，将徐文秀扫地出门的剧情，我也很宽心。但宽心是一回事，我还是忍不住要为蔡家小姐接下来的行为叫一声好。

她与徐文秀已是互盟终身，得知母亲将她许配给官家子弟昌义范，哭诉吵闹都无效后，她竟女扮男装逃家离去。

人物的设定想来早有深意，她一定是，也只能是兵府的小姐，换作任何一个别的闺阁身份，都做不出这样胆大妄为之举。偏又让人爱极了她的大胆，光是柔情百媚，还只担得一个"娇"字，而她，足够再配上一个性格上的"俏"。

都说"无巧不成书"，放在戏曲里，这个"巧"才真是被演绎得淋漓尽致。

出逃的蔡兰英在途中正巧遇上徐文秀的舅父陆朝龙，被其收为义子。她也的确胆大妄为，竟敢扮着男装去参加京试，还中了探花。揭榜后，她在陆朝龙家中遇见了自己的父亲，以及高中状元的徐文秀。

我太喜欢蔡兰英，这个女子的每次出场都能让我有会心的笑。她见父亲和徐文秀都未曾认出她来，竟狡黠地鼓动着父亲把探花蔡兰英"许配"给小姐蔡兰英。

而老实的徐文秀，却因此着了急。

徐文秀：表弟，你我相逢只片刻，招亲之事太心急。

蔡兰英：少年金榜把名题，洞房花烛选吉期。小姐是才貌双全世无比，我与她是天生一对好夫妻。

徐文秀：他那里越说越欢喜，我这里越听越着急。原以为如今状元来及第，与小姐冠冕堂皇成夫妻。谁知道岳父将小姐配表弟，我与她……

蔡兰英：怎么样？

徐文秀：自订终身结连理。

蔡兰英：听此言来笑嘻嘻，你私订终身真是老脸皮！

徐文秀：表弟呀！我已将真情告诉你，男有意女有心莫把愚兄讥。成全还仗好贤弟，河南招亲让我去。

蔡兰英：啊？招亲岂能让人的呀！真是岂有此理，哪里看得？

徐文秀：一见表弟生怒气，倒叫文秀无主意。愚兄失言来赔礼，实在是兄得小姐非容易。

蔡兰英：哎！你为小姐到底吃过多少苦，费过多少心呀？

徐文秀：这个……

蔡兰英：你不讲那我要到河南招亲去了！

徐文秀：表弟！哎！表弟。

蔡兰英：你讲呀！

徐文秀：啊！表弟呀！奉母命特到开封探舅亲，又谁知舅父已调任。

那一日瞻仰佛殿访名胜，小姐邂逅相遇心相印。

小姐她三次回眸含深情，我为她心驰神往爱慕生。

我为她乔装改扮隐姓名，也为她卖身为僮受苦辛。

我为她寻机亲送沉香扇，倾诉衷情求允婚。

我为她绣帏之中备受惊，脱险离府上京城。

我为她日夜攻读求功名，金榜题名盼联姻。

今日我独占鳌头中高魁，想小姐玉液琼浆无心饮。

恨不能插翅飞到河南去，与小姐洞房花烛早成亲。

又谁知好事偏多磨，我只有恳求贤弟来玉成。

这段《书房会》，真是不可言的妙。

徐文秀一点也不像才华横溢的状元郎，他就是个傻书生，被兰英戏弄还不自知。但我看在眼里，一颗心要被这脉脉温情融化了去。

他爱她。满心满意，爱得犯了傻。他蟾宫折桂，本是意气风发，可一说到她，那些在外人看来的辉煌全都不值一提，仿佛没有什么人事能比她更重要。所谓的仕途无量，抵不过一个候在他乡的她。

果然是喜剧。执着的他，娇俏的她，百年好合的结局，没有辜负一份好情意。

看完《沉香扇》，这青涩澄澈的感觉，酸甜滋味，叫我忽然想念起石榴的味道。那种晶莹剔透可置于掌心中品赏的小玩意。

但很长一段时间我是不喜欢吃的，只觉果肉太屠薄，又裹着不小的核，还得一颗颗费劲地掰下来，别说一粒两粒，就是一捧捧地送入嘴，也总不尽意。如今心思刹然间忆起，除了戏里滋味，大抵还因为夏季归来，火红石榴是应景的水果。

小时候住在四栋楼排成天井的小院子里，进大门就是一个缓坡。院子里所有的景象都不是直入眼帘的，要费些力上坡才能看见。亦正是如此，总觉得小院的景别有洞天，哪怕离开它多年也寻不到替代。那个老院子在我心里是百年的根须，不知汲养了多少冠叶，每一枝上都有独一无二的记忆。

正对大门的两栋楼前有白瓷砖砌的花台，里面恰好种了株石榴树，只一株，算是极其珍贵。但那时喜欢的花都是淡的柔的，譬如绕着花台边的满天星，亦如稀稀疏疏长在土里的栀子。而石榴花，太过丹若烟霞了，比之栀子一类就像出阁女子见了亭亭玉立的豆蔻少女，浑身有种妒气与俗气。贾宝玉说了的，女孩儿未出嫁是颗无价之宝珠，出了嫁，不知怎么就变出许多的不好的毛病来，虽是颗珠子却没有光彩宝色，是颗死珠了，再老了，更变得不是珠子，竟是鱼眼睛了。

现如今回头想想，真为石榴花喊声冤枉。焰红如烈火，全然不是凡姝的颜色，比媚俗的嫣然娇娇更矜婉又更英姿。

石榴花绝不会败北于其他的花。

民间传说里，认为百花都有司花之神，取了十二月的代表花，又分别择十二名人与其匹配。五月的主花，理所应当是石榴花，几乎没有疑义，但石榴花所对应的花神却各有纷争。

有纷争不奇怪，其他月份的花神也有数个版本，传说本就因扑朔而有味，有趣的是，石榴花花神所对的男子有江淹、钟馗等好几人，但女子，却只找到一个舞剑的公孙氏。

媚气嫣存，飒飒流风，这样的女子，毕竟难寻。

我后来听到《沉香扇》，深深觉得蔡兰英就是一朵石榴花，可是却也不愿意她担上一个"石榴花神"的名号。神，太累了，她就这样做一个尘世间的小女子罢，可以哭，可以笑，可以有一个人，为她翻山越岭无心看风景。

无双的石榴花，有她的色，也有她的香。

《清异录》里记载过十二香：

吴门于永锡，专好梅花，吟十二香诗，今录其名意：

万选香（拔枝剪折，遴拣繁种。）　水玉香（清水玉缸，参差如雪。）

二色香（帷幔深置，脂粉同妍。）　自得香（帘幕窥蔽，独享馥然。）

扑凸香（巧插鸦鬓，妙丽无比。）　箅香（采折凑然，计多受赏。）

富贵香（簪组共赏，金玉辉映。）　混沌香（夜室映灯，暗中拂鼻。）

盗跖香（就树临瓶，至诚窃取。）　君子香（不假风力，芳誉速闻。）

一寸香（醉藏怀袖,馨闻断续。） 使者香（专使贡持,临门送远。）

世间的芳香似人有姓名，一种香对应一个名，独一无二，坦行于世。亦似人有性情，不是单单纯纯的一种味，而有无限风光需去品。一种香里有一颗心、一份好。

人世的好，其实并无差异的。有的好盛装束裹，有的好则衣带媲云，但褪去一切外在，好，是一种愉悦的感受，是内心对善美的渴求。最纯粹的好，没有勾兑，如酒，就辣烈到催人泪下，如水，就无滓透净。

所以一扇沉香不只是寻常雅趣，更是明心净志的指引，教你读会世间千万人。

《柳毅传书》
沧桑易改情难变

> 村野寒儒名柳毅，世代耕读淮阴地。
> 长安赴考未及第，泾阳访友温旧雨。心
> 悬老母依闾望，行色匆匆返故里。

翻书时，读到一个名为"无愁可解"的词牌。初初遇见，就已乍然不知如何是好。

以往知悉的词牌名，要么歌令声慢，一看便音色彰彰有曲调，要么就温泽柔情，如绵绵呓语散步在夜色中。总归是花枝零落间把尾音拖成了曳地的衣摆，细软极了的料子，拂在心上都不见重量。

但是，无愁可解？

它不一样，很不一样。像临空掉下的天书，似乎有什么重大的昭示，暗含着难解的命运。

陈恺的这阙《无愁可解》，也的确读来似一简经卷，禅意深幽，如云出岫，淡旷无心。

光景百年，看便一世。生来不识愁味。问愁何处来，更开解个甚底。万事从来风过耳。何用不著心里。你唤做、展却眉头，便是达者，也则恐未。此理。本不通言，何曾道、欢游胜如名利。道即浑是错，不道如何即是。这里元无我与你。甚唤做、物情之外。若须待醉了，方开解时，问无酒、怎生醉？

他是那样的理智又清达，我随着他行至山间林野，浮日已散，月光佻佻。听闻不知来路的古曲漾漫在叶间，颓石干峻，虽未有清泉涌流，但月色浸润，澹泊而有风雅。

他言语时音调微沉，镇在你心里觉有无限的信赖。匆匆光景，看够亦不过一世百年，我生之初尚无为，无有忧愁与快乐。一路亟亟走来，却带了太杂的东西，情丝万千，夸夸而缠，更像一场自导自演的戏，把自己捕获在说不清真假的爱恨里、愁乐中。

要回归清喜的当下，便要破障除缚。一切都似在非在，但心是持恒的，不贪图一响欢夕，亦不苦坠自己于无中生有的忧绵之中。心为薄纱，恰是清透，恰是飘逸。

陈慥的故事我于苏轼《方山子传》中谙得。

苏轼所识的陈季常，十九年前是怒马飞骑的少年，谈古说兵，眉间隐不住的豪意。而十九年后再次遇见的他，却蛰居山林成为一名隐士，抛却园宅沃田，安居萧然。

可是苏轼却被打动。被他与妻儿面上那一星自得的怡情，被他那洒脱不羁朗朗笑声打动。

在那一季的花鸟春深时，陈季常分明看见了更奇的景，他不冥思，不苦行，只遵照着内心的一羽喜悦，而起始了他的翱翔。

这样的故事听来，颇有几分玄妙感，我总错觉陈季常是世外高人，持着凡夫俗子没有的法术，逍遥在天地间。

可是有趣的是，这种想法只有在老庄的经典中才能加固，而看完一场戏后，就只剩下俗世的欣悦在心头。

这场戏，是《柳毅传书》。

忘了中学的课本上是怎样介绍它的，但故事留给我的印象很深，大概是因为小时候对于龙女有一种偏爱，美丽、善良且又不属于人间的女子，想一想，还挺让人着迷。

李朝威写的传奇小说，其实名叫《柳毅传》，在越剧中，它被改编为经典剧目《柳毅传书》，"竺派"创始人竺水招以妙不可言的身姿唱腔，把它演绎成了"竺派"的代表曲目。

和许多赶考书生一样，柳毅长安赴试，却名落孙山，归途中他绕道去拜访了一位故友，再启程时贪赶行程，不知不觉间已是日暮苍茫，来到泾河。泾河岸边，山石嶙峋，彤云低沉，西风中枯枝晃荡，叶落便飞逝。

荒凉的地界，荒凉的时间，他正孤单哀悯，忽听闻女子的哭声。路上并无旁人，柳毅只是粗略找了找，就看见一个牧羊女在暮色的掩映下捂面啼哭。天色已晚，他惦记着赶路，但犹豫片刻后终不忍心，上前询问。

她叫三娘，是洞庭湖龙君之女，而那些羊亦非普通羊群，而是泾河龙宫行雨的雨工。当初她亦是自幼不识愁苦，奈何远离家乡嫁给泾河龙王的太子，太子整日作恶，酒色荒唐，还兴风作浪妄淹田禾，她看不下劝说了几句，反遭虐待，被遣至泾河旁做了风鬟雨鬓的牧羊女。

她几次写下血书，托鱼雁带信回洞庭，可雁惧洞庭万顷波，鱼畏孽龙雷霆怒，她空有一腔委屈无处倾诉，有家无处回，爹娘亦不知近况。

三娘说到此处，柳毅已是慨然不平，在他看来这只是举手之劳的行为，却没有人来帮衬一个弱女子。他说，劝公主，莫悲伤，我为你立即传书到故乡。

答应的事，就要做到。他是传统的文人，君子一诺，他比谁都看重。

三娘既惊且喜，她看他文弱书生，其实从没想过要找他帮忙，不过是悲从中来，觉得他还算一个可靠的值得倾诉的人，却没料到她的无心，却换来他的倾力。

她叫住他，还未问得君子姓字。

他本不欲留名，却经不住她执意相问，还是告诉了她。

村野寒儒名柳毅，

世代耕读淮阴地。

长安赴考未及第，

泾阳访友温旧雨。

心悬老母依闾望，

行色匆匆返故里。

他家居淮阴，如今却要为了一个陌生女子去洞庭。三娘从没见过这样的人，分明只是书生模样，却善良、义气，像个侠士，又从不会将扶贫济弱挂在嘴边。

柳毅。她记下了他，也记下了这份希望。

他愿做那殷勤青鸟，便不惧千里辛劳，越岭渡江都成了小事，他只管护着她的血书与叮嘱。洞庭湖畔旭日初升时，终于到了君山下。

三娘告诉过他的，洞庭湖北的古庙门前有棵金橘大树，人称社桔，他可用她的玉簪击树三下，自有神将前来接引。

他依言而行，守湖神将踏波前来，带他进入龙宫。

是梦是真难分辨，霎时来在水晶宫。他觉得新奇，看人看物皆有一种不真切的感觉，但到底有托付在身，不敢忘了本分。

凌虚殿上读完血书，洞庭夫人已是泪湿衣裳，龙王也气，当初思虑再三，以为为女儿选了一桩门当户对的好亲事，竟不知会是这般结果。但他不敢为女兴师动众，他与泾河龙君多年情谊，实在不知该如何大动干戈。

正在两人争论不休时，火龙钱塘君到了水域。他是洞庭君的弟弟，脾气火爆，曾经因为雷霆一怒抵抗天将而被玉帝惩戒困锁至今，他知晓侄女受苦，恨急难奈，什么都顾不得，只想兴兵泾河讨回个公道。

洞庭君提醒他锁链犹在，怎能前往。

柳毅看三人又陷入难定中，上前开解：

（唱）望大王一旅义师到泾阳，

　　　拯救公主除强梁。

　　　一来是伸雪龙女牧羊恨，

二来是泾河百姓得安康，

三来是大王仁德传天下，

千年万载永留芳。

是非功过已昭然，

为什么见义不为却彷徨？

这出戏里，柳毅的身份是秀才，我却没在他身上看出丝毫秀才的酸腐软弱，他更像一个儒士，出谋划策，并解除人心中的忧患。就连火爆的钱塘君都十分感佩：秀才说话真快畅，顿将我满腹烦恼一扫光。

钱塘君还是去了泾河，带领一众军将与泾河太子相斗，泾河太子最终不支，跌落河中。

三娘重归洞庭，生活好似新生。她托付的这份希望如今都化作了现实，那个貌不惊人的书生，他竟真的做到了一诺千金。她除有感激涌上心头，更多的，却是一种说不清道不明的情愫在萦绕。

但她自己也无法明确这情愫，它就像一个谜，你读懂了所有谜面，却说不出那个解。

直到洞庭夫人陪着她梳洗时对她说，你灾星已退好运来，红鸾高照临门楣，称心女婿眼前在。她蓦然惊醒。原本想着，此生再不嫁人，可想到是他，就有满满的安心。她在最绝望的时候尚且敢把重生的希望托付给他，如今有大好未来在眼前，她怎就不能再把希望托付予他一次呢？

可是她失望了。舅舅钱塘君向他做媒提亲，他却严词以拒。

她一腔真情落了空，反倒生出非君不嫁的勇气来。她知道他，当初传书洞庭，原是激于义愤，若真娶了她，只怕世上之人都会疑他恩施图报，这样的小人行径，他是做不出的。

她知道，所以相信他只是不明白她的心思，明日他归家，她一定要去送，坦白心意，只为一句"但愿君心似我心"。

这出《湖滨惜别》，柔美且有趣，无论是词句，还是情节，都编得极妙。

她一路随他出龙宫，却默默不语，眼里俱是情意。这情意看得他心慌意乱，甚至不敢坦荡回首自己昨日的拒绝。

走着走着，就来到了织绡池。鲛人落泪成珠，柳毅看不明白。

他问，那鲛人织就了如花似雾好鲛绡，但不知缘何盈盈泪满目。

三娘回他，鲛人都是女儿身，不过是为天下女儿哭泣罢了。女儿心意比天高，女儿命比秋云薄，泪滴湖心化明珠，可怜珠泪长相续。

这颗珠，是女儿泪，是说不尽的相思意绵长。她俯身拾珠，赠给他，以意化珠，心意似乎都在无言里。

他收了珠，却又不应她的话，有情无情，她全猜不透。

但猜不透又如何，她自己播种的相思，怎么收得回？

柳毅回了人间，因为他属于人间，三娘也跟着到了人间，却是因为爱。

她说动父亲与她一起化身为渔家父女，同柳家邻里而居。她扮作三姑和柳毅日日相处，情意愈笃，遂以实情相告。柳毅感其用心，于是共结白首。

神话传说，最终以人间的幕布退场。我回不过神来，不知人间天上，几重光景。

晨光熹微，黯淡的星光歇进了云里。清晨梨枝悠悠，溪水渐鸣，每一个寻路人都似一只小筏，搁浅在岸边，面对着一河明水寻思归路。夜色可以一朵一朵地癯寂再慢绽，昼时却没有拖延的资格，必要待到青草萌甸，新生一派活力，找到枝丫的伸展之途。

渴望是隐秘的，付出亦是隐秘的。生命不是公式曲线，归纳不出走向的规律，随时都可转弯，随时都能停滞。

我们随时都可能走失在世界里。心也似漂泊，空枝无依后也想栖留某个归宿。

朱生豪对宋清如说，我一天一天明白你的平凡，同时却一天一天愈更深切地爱你。

也许，这个才是俗世熙攘的意义吧。下了凡尘来，看清他所有的平庸、苍老，却还是愿意共同走过一段光阴短，拾回一场爱意长。

《碧玉簪》
莫记前仇莫记冤

> 你莫记前仇莫记冤，且听为父
> 言相劝，玉林高中已回头，你理该承
> 受皇恩接凤冠。

我应是爱极了这幅画的，不然，怎会久久守坐于画册前移不开
了步子？

一向便如此，喜欢的人物画极少，总觉人声喧嚣，不及花鸟山
水有脱凡之意。但林风眠这幅《清音》，却生生打破我固执的念。

喜欢它恰若碧月疏林一副既不亲近亦不远离的模样，在一众色
泽斑斓跌宕的油彩里静成一道谜。闺室的背景不过用三五笔单线勾
勒，寡淡至虚无，一派的雾白水灰，叫人无法不安宁。从未见过这
般的女子面容，微低阖眼，坦然慈悲，早已入了境，却又还在红尘里，

眷着众生，眷着万物。

欣赏林风眠的作品，就如同欣赏他的名字一般，每个字的发尾毫梢都滴着碧透的水，清而不澈，有厚重的韵味涵在其中。

文字，绘画，音乐……诸如此类的物事，连创作者自身都说不清寄予其中的深意。创作的原初意图早在创作的过程中被无限扩大，像笛音，自绿竹管中飘出，便山长水远遥遥散去。

不要去拾画，也不要去采花，天地萧疏且保有它应存的姿态。

自然的状态应是不惊扰的，如鸟掠横空，不过一刹那的事，看见，便有痕，不见，便是空。

生活中的每寸时光都有神秘若光影的一面，变转迂回，没有休歇。我们总猜不透生活的脂粉下究竟拥有何种底色，一如鱼儿猜不透深海中的水草网复，会滤过怎样的际遇。

岁月无扰，时光惊心。往事不如烟，散去在时空里，散不去在心里。此生的相遇，除去那些未可知未可测的缘，还要与自己逢。像拨弦起音，把声放空入远林，回响在峦丘之间。待旧日晚霞落满青衫，掘出珍埋的一瓮酒，与自己对饮。不酣畅，不罢休。

会哼不成理的调子，或在筝弦上拨弄几个音，永远成不了曲，永远不至完全。都是随性而往。但于这样的不清不楚里，却享受尽生命嬉逐的欢乐与随然。这世上总有些事，情愿它不清不楚，自己不明不识。

对此没有一丝一毫的不餍足，不丧气也不假设，认识自我的过程同样是学会接受与宽容的过程。原谅自身的空缺，亦似轻慢着去抚平裙裾上的褶皱，于漫漫光阴中渐顺平和。

戏听久了，有时亦会不自禁地朦胧错乱，走失在戏里戏外。

久置闺阁的小姐，有些像藏宝阁里掩于尘下的珍奇琳琅，总有那么一股想要冲出黑暗见天日的渴望劲头。但瑰宝想要见于众人，可以是被展示，被炫耀，被竞卖，可是端庄正经的小姐要想走出闺阁，只有嫁人一条路。嫁得好了，是运气；不好，也是命。端看造化。

李秀英想不出她的造化，但料想必定不差。不说她自身也算得聪慧文秀，容貌端丽，单是作为尚书李廷甫的女儿，身份就在那儿，若要结亲，门当户对先不提，那也一定是才情出众，品貌俱佳的翩翩好儿郎。李秀英偶尔幻想，但从未真正担心过。

没想到，这一天很快就来了。

这日正值李廷甫的五十寿宴，好友王裕夫妇携子王玉林前来贺祝。李廷甫一见王玉林，即刻便想到了自己待字闺中的女儿。官场上摸打出来的老手，看人的眼光早已毒辣，这个王家公子，不仅仪表堂堂，更重要的是气质端正，气正，心就歪不了。

李廷甫有意试探。都说字如其人，最见风骨，他当即让王玉林写下一幅寿联，既看他的字，又考考他即兴的才华。王玉林不带犹疑挥毫完成，作品亦是出众，李廷甫很满意，当场便与王家订了这门亲。

窗前灵雀报喜，有人欢喜有人仇。

心生怨恨的这个人，是秀英的表哥顾文友，他早已有心要娶表妹，但大概是李廷甫看出了这个外甥的为人不端，怎么都不松口将女儿许配给他。他有心栽花不发，便见不得旁人无心插柳成荫，于是找来了可出入王家的孙媒婆，商定一策欲坏了这桩姻缘。

这个计策是真正的用心险恶。顾文友以李秀英的口吻伪造了一封写给自己的情书，并让孙媒婆偷出秀英的一支碧玉簪，在二人的洞房花烛之夜让王玉林于回房途中拾得。

王玉林果然中计，误以为秀英芳心另许。

新婚宴尔，李秀英还未尝到初嫁的羞喜，就遭遇了丈夫莫名的冷落。虽是父母之命，但待字闺中十余年，一夕婚嫁，她对这个所谓的良人仍旧有自己的期盼。事实却无情地背叛，把丈夫的打骂羞辱砸向了她。

旁的戏里，婚庆大喜之后都演不到归宁，那是属于幸福的琐碎零散，还轮不到戏外人来拾。可是她必须要回去。那委屈本该早就决堤的，她防了又防，一直隐忍不发，就等着回到最熟悉的家，见到最亲切的父母，才能拥有一瞬抛了新妇的名号，做回小女儿的错觉。

但真正回来了，才知到底回不去。好与坏，嫁了，便是嫁了，回身诉苦，也不过空惹母亲心忧。她毕竟不再是小女儿，为人妻子，再不好过，也有她的责任。

可是不说，好歹是她自己的选择。王玉林在她回门前下的一句命令，才叫她真正痛心欲绝。"原轿去原轿回"，他轻飘飘地说出来，逆着"出嫁女儿回门，多则住几月，少则住十天半月"的风俗，恐怕是料定了她会违背他的话，就等着到时可以寻了理由将她休弃。

这苦，她默默咽下，竟真的不顾母亲的挽留，当天就回了王家。

秀英：我战战兢兢将衣盖，那冤家平日见我像仇人，吓得我不敢去近身。想秀英并未待错他，他为何见我像眼中钉？像他这种负心汉，我还有什么夫妻的情！我不顾冤家自安睡。

想起了婆婆老大人，冤家他枉读诗书理不明，那婆婆她待我像亲生，更何况那王门唯有他单丁子，若冻坏了官人，要急死了婆婆老大人，我还是拿衣与他盖……

想起往事心头恨……（唱）世界上哪有你…… 你……你这样不通情理啊！我爹娘爱我似珍宝，这冤家他当我路边草！他竟这样对待我，我任凭这冤家他冻一宵！我还是将衣衫藏笼箱……

猛想起于归之期娘训教……想今夜天气寒冷，我若不与他盖衣，倘被旁人知道，要骂我秀英礼仪不周，还要怪我父母养女不教！

（唱）爹娘啊爹娘！你叫女儿如何是好？娘啊！难进难退我李秀英，今夜叫我如何好？娘啊，娘啊！曾记得那日爹爹做大寿，母亲你上楼喜讯报，说道是已将女儿终生许，是郎才女貌结鸾交。说玉林这也好他那也好，说玉林貌也好他才也高。我是口不应声心欢笑，但只望洞房花烛早日到，谁知道进了王家事颠倒，我夫妻似仇情义少，自出娘胎十八载，这样的苦处我是受不了。啊天哪！还是我爹娘错配婚？还是我秀英命不好？爹……

啊！忽听得谯楼打四更，见冤家他浑身颤抖他……受寒冷，我若不将衣衫盖，他如何坐等到天明。冤家呀，你虽没有夫妻情，我秀英待你是真心，我手持衣衫上前去……盖罢衣衫心安宁。

这折戏，名为《三盖衣》。

大段的心理独白，全是秀英不知该不该为睡中的王玉林盖衣的进退两难。她心里其实已怨极了，"原轿去原轿回"的幽恨还未曾释，要还是闺阁里的女儿任性，完全可以不管他。可到底已是他的妻，不说有多少疼惜爱怜，为这一个名分，她也不能不管不顾。

一出《碧玉簪》，是完全的越剧特色，意软绵绵。稍有一点塞外飞雪般的豪迈，都演不出这场望而不穿、点而不破的小家情怀的戏来。

本以为就要朝着悲剧的路径去了，因为最终决定盖衣的秀英又被王玉林辱骂，说她把女人衣衫盖他身上，要想害他一世功名不得成。

秀英病倒在床。我想她是被气病的。如果一个女人听到贬低女人的话都无反应，那才真是悲哀，更何况，看不起自己的人还是要与她共一生的夫。

反转却来得突然。李廷甫得知女儿近况，上门质问王玉林。拿出信与碧玉簪当面对质，王玉林这才知晓一切都是自己冤枉了秀英。

可是后面这场讨原谅的戏，我却没有看到一点诚心。

王玉林：（唱）今朝得遂凌云志，好将凤冠送我妻。夫人啊，劝妻休要将我怨，且听玉林来相劝，当初是奸人设计陷害你，如今是水落石出已明冤，那媒婆下狱文友死，我是真心悔过赎前愆。夫人啊，过去之事休再提，请夫人快受官诰拉凤冠。

李廷甫：（唱）你莫记前仇莫记冤，且听为父言相劝，玉林高中已回头，你理该承受皇恩接凤冠。

抬了状元的名号来，又有父亲的从中相劝，她还是重新接受了他，不知道是真愿意，还是场面上过不去。

可是又怎样呢。别的人，我还能在心底留一句劝，放在李秀英和王玉林身上，我连爱字都不敢用。他和她亦是说不清道不明牵扯不断，可是那不是因为爱，是因为人世种种规矩本分，她该做他的妻，受他欺辱，最后还得原谅。

她是尚书千金，状元夫人，可当我说"李秀英"的时候，我不知道她是谁。

喜恶终要随着帘幕被关在那方天地，我只不过是个看戏的人，热闹在眼，沉静在心。

购来素洁低雅的缎子欲制香囊。

配了丁香、豆蔻、红花几味药，是依《山海经》中记载的香配法的方子而施行的。有时也会依据心情，增添佩兰、菖蒲等几味药，全凭一时的兴起。

读一封手写的信，想起那些被岁月冰缓的情衷。有如听木质箫管里奏得的七八音色，落响在清晨林间的梢头，低翠隽袿，轻身依覆，穿出一个亘古不移的天地来。

风是温顺的，露珠的泪光中有笑意。过往不追释，未来触手可及。

如霭温厚的时光，在照片里。

照片里的过去，亭盖如常，似未曾经历时日的摧折，静凝得恰到好处。

我看见那一壁的花朵姿曳纷然，映着慕远清湛的天空显得醉意满颊，有你舍不得绕过的佳馨蘸了寻常美好，静静地点染在光阴长里。经不住午后风过，便满架蔷薇一院香。

阅冯骥才《灵性》，一本文画相合的小书。他随手记下诗样片断，不是思维的结果，而是来自灵魂深处的一种生发，配了缘自灵性的画作，趋近理想的梦幻。

我亦怀了这诗样随性的态度来翻读，于灯火阑珊的阒夜。字是简深，画是空远，比之一幕幕排好的情节，更为恣意，更为无束。没有精心的谄媚，因为是写予自己。

时光也是需要信任的，若你行进中别有他意，放不下那些揣摩争斗，它又怎会为你低眉顺性？

最安平无扰的时候，连字画都不必有。沉入满壑的清憩里，与自我对望。不要勉强，不要设限，因为人生无限。拘束了自己，就拘束了光阴。

一个人穿了长裙，一个人吃饭，一个人看书，不与人言。这样的状态可持续一日。但心中却不寂寞孤独。

最好的快乐来自这世间任意的小角落，兜兜转转几番错路间就能发现。而最好的人生，该是于岁月的打磨之中愈渐温润，直至如水，既纯粹着，又包罗万象。

每日醒来，看见晨光熹微漫入窗帘，我是会愉悦一整天的。

尘世的生活总似这般零零碎碎，不存在过渡与连接，然后却事事真实确笃。放下对生活的戒心，坦然随之，全情与之。

年华百样，你全然可悦纳每一个自己。

沉默，欢喜。都是你。

《陆游与唐婉》
沈园偏多无情柳

> 但愿你前程为重，家室为轻，
> 我想透了，唐婉不能爱你，也不会
> 怨你恨你，还君明珠双垂泪，他生
> 未卜此生休！

少日曾题菊枕诗，囊编残稿锁蛛丝。

人间万事消磨尽，只有清香似旧时。

好久未读到一首诗，从一个字的起，到一个字的末，字字都把我的心拽在掌中。

陆游的这首作品，名为《沈园》，是他六十三岁访沈园时所作，同时写下的还有：

采得黄花作枕囊，曲屏深幌泌幽香。

唤回四十三年梦，灯暗无人说断肠。

　　陆游这一生最痴缠的作品，似乎都与沈园脱不开关系。当年他与表妹唐婉琴瑟和鸣，却妄遭母亲的棒打，痛苦休妻，眼睁睁见她成为他人妇，再遇时，便是于沈园，留下千古流传的遗爱之词《钗头凤》。而唐婉，又于此后和了一首。

　　两阕"钗头凤"，把这个绍兴春波弄的普通园子送上了情深意长的梢头，以至于时隔近千年，寻迹而往来的人们被园风一拂都还得颤上一颤。

　　遥距许久仍能叫人念念在心，好的已不是故事了，是感情。浙江剧作大家顾锡东先生在念念百转后终于下笔，编了《陆游与唐婉》的剧本，让这出本就属于吴越之地的悱恻缠绵又在越剧的舞台上重生。

　　画桥春水绿，烟柳小桃红。

　　初出场，他身在春景里，心似秋瑟瑟。然而这场秋，其实从他出生起就注定了要到来。陆游生逢北宋末年，早有一缕战乱的风烟挂上心头，偏偏他又少怀远志，自幼聪慧，小小年纪便走上仕途。

　　一己之力，终难改变纷争不休的朝廷，各方人马谋权夺利，他不过是这政局里小小的棋子。怀才不遇，心里哀懑且不甘。唐婉见他如此，便陪着他日日流连园景，消遣不快。

她是表妹，更是妻子，相处日深，没有谁会比她更懂他。"这些时，伴你纵情游山水；劝游哥，心头郁结宜解开。"才子佳人的戏码，真是非要越剧来唱，它叫哥哥妹妹，惯得不能再惯，嘴里一说，眼里便有，那软软的音调一出，想作假都难。

他与她商议，与其这般闲游无所为，不如去福建寻忠良义士。她全意支持，并欲随他同往。

这本来是家事。他与她在一处，丧气也好慰藉也罢，闲游也好远寻也罢，全是夫妻两个的事，自隔了一个天地，与旁人无涉的。但家事也有家事的主人，他和她都还做不了这个家的主。

做主的是陆游的母亲，高堂在上，所有教诲无论对错，都得听着。

"你怀才不遇，贻误青春，游山玩水，荒废光阴，可知为娘爱儿情深，为你前程担心！"

一开口就是这样重的指摘，言辞间虽在说陆游，却亦表达了对唐婉的不满。唐婉对陆母其实有很深的敬，她是她们唐家的亲侄女，而今又成婆媳，亲上加亲，她不能理解陆母对她的敌意。

她没想过，侄女再亲，也重不过自己的儿子。

陆母眼中的唐婉，"教唆你荒废学业，远走高飞，割我心头之肉，误你出头之日",七出之条中她犯了三条,"不顺父母,逆德者出;不生儿男,无后者出;多口舌是非,离亲者出",今日是打定了主意要弃唐婉。

唐婉无语凝噎,陆游哀说苦求,却挣不脱家教礼法的网。

她也想过要等他的,她与他一起等,等着陆母的回心转意,可是"白天等你倚窗口,晚上等你烛泪流",她等得太累了,最后也只等出一个"料你母亲不回头"。

唐婉:但愿你前程为重,家室为轻,我想透了,唐琬不能爱你,也不会怨你恨你,还君明珠双垂泪,他生未卜此生休!

陆游:人讥我,不识时务不得志,只有你,百般熨帖解我忧。我们是,两心相印表兄妹,蒙舅父,当年许婚西湖舟。到如今,妇姑勃溪因我起,左右为难两不周。出妻本是母错命,硬争反向火浇油。耐心等待融冰雪,我与你,今生情不了,来世也不丢!

合:人去也,情依依,悲莫悲兮生别离。

《庄子·杂篇·外物》中说,"室无空虚,则妇姑勃豀;心无天游,则六凿相攘",表明任何人事都要在舒畅适意的境地中才能达到最好的状态。陆游饱读诗书,一定读过庄子的这句话,那个时候他一定料不到自己会沦落至感叹"妇姑勃豀因我起"的处境中。因为他与她之间太满，满得放不下其他任何一个人，满得没能给爱情辟出一块呼吸的净土，于是如今只能空造出无依凭的来世，眼望着生别离的今生。

唐婉终是回了娘家。

梧桐月照，露冷夜寒。

这相思苦无尽，还不知要用多长的今生来担。

沈园里，春水绿依依，杨柳青故故。春水绿，柳吹绵，花开依旧，转眼便过去三年。

陆游也曾经盼想，盼想他母亲忘了前事，允他接回唐婉，盼想有生之年他还能与唐婉再续前缘。三年，一千零九十五个日夜，他以为他熬得过，可是在得知唐婉另嫁赵士程的那一瞬，他突然觉得光阴漫长得流不动了。

他想去质问她，为何他们多年的爱情与相知抵不过千日的分离。他想亲自读一读他托人给她的锦书，"其人如玉，其心如玉，宁为玉碎，不为瓦全，重圆有日，待我三年"，问她为何得信不回，视若无睹。

他想做很多事，可是，却怕见她。

沈园偏多无情柳，看满地，落絮沾泥总伤怀。有许多事，就是不可碰触的伤。

可是还是见到了，人生何处不相逢，况是沈园，他与她的梦回之所。

他唱，"骤相见，又惊又喜，人对面，屏障千里；还不知，是酸是痛，那遗恨，无尽无穷；惊鸿一瞥翩然去，失落如同幻梦中；怆然独自花间坐，从此欢情付东风"。

哪怕有过那么多的想与问，他是不敢向前的，他远远地看着，看着她与赵士程双双相携，只能举杯独坐，邀花对饮。

唐婉也看到他了，所以遣了丫鬟小鸿来给他送酒。他怨怪，他质问，他不敢对唐婉言的那些话好在还有这样一个知情的丫头可以倾诉。询问之下，却得到一个惊人的消息，当初他寄的信，被他母亲改动一字，"待我三年"变成了"待我百年"。

百年，那已是上穷碧落下黄泉的约了，而且，她竟是知道被改了一字的，可是知道又怎样，知道，反而更绝望。陆母改得那样狠，她再没可能被接纳重回陆家。这辈子，她生不再是陆家的人，百年后，她亦难为陆家的鬼。

所有的情，所有的意，所有的哀戚与无奈，都在这最后一杯酒里。她遣人送来的酒，是她的割，他的断。

陆游：借琬妹，断肠酒，抒写愁绪，千古悲音。

红酥手，黄縢酒，满城春色宫墙柳。东风恶，欢情薄，一怀愁绪，几年离索，错！错！错！春如旧，人空瘦，泪痕红浥鲛绡透。桃花落，闲池阁，山盟虽在，锦书难托，莫！莫！莫！

唐琬：怎禁得，伤心词儿为我留。我只道，天南地北相思绝，偏又是，意外相逢旧地游。可怜我，眼儿不敢瞅，泪儿不敢流。步儿也难走，心儿发了抖，半句话儿也难出口，怎诉说、万种恨，千种愁。罢罢罢，春蚕到死丝方尽，休休休，绝笔词儿最后酬。

世情薄，人情恶，雨送黄昏花易落。晓风干，泪痕残，欲笺心事，独语斜阑，难！难！难！

人成各，今非昨，病魂长似千秋索。角声寒，夜阑珊，怕人寻问，咽泪装欢，瞒！瞒！瞒！

两阕钗头凤，一曲意难平。戏曲总是结束在最恰到好处的地方，仿佛快乐有时，悲伤有时。真实的人生却还得走下去，破一个个结，迈一个个坎，心伤之后还要活。

活成怎般模样，不再是旁人能置喙的，甚至自己都无法掌控。

陆游写《钗头凤》时，还是华茂春风的好年纪，转瞬就过了四十载光阴，六十三岁再游，彼时唐婉已逝去多年，他触景生情，题下开篇的两首《沈园》。

六十八岁，题诗"年来妄念消除尽，回向蒲龛一炷香"，而小序却云："禹迹寺南，有沈氏小园。四十年前，尝题小阕壁间。偶复一到，而园已三易主，读之怅然。"

一句"读之怅然"，也不知，是否真的除尽了妄念。

七十五岁又重游，那样怀念她，为她落笔"伤心桥下春波绿，曾是惊鸿照影来"。

终于只能是"曾是"，当爱已成往事。

八十一岁，身体不能行，仍在梦里行至。醒来后，几多悲凉与无奈：城南小陌又逢春，只见梅花不见人。玉骨久沉泉下土，墨痕犹锁壁间尘。

八十四岁，辞世的前一年，颤颤巍巍还是回到了沈园。沈园里花簇如锦，只不见当年人。月色郁郁，几多苍凉。

这句诗，一定是他说给自己听的：也信美人终作土，不堪幽梦太匆匆……

有时真觉这一生太漫长，以至于走着走着就走失了生命中最重要的人。

陆游心里有结。他不是想不明白为何相爱有别离，他是想得透却放不开。

他所珍惜的那段情，那个人，是他生命里的芊芊白光，浩浩余生意犹未尽，伴着他从天光初明，到霞色璧透。你叫他如何放下？如何能关上门挡住光？

所谓智觉容易，情觉却难。

做不到薄情，便只能痛。有时真羡慕唐婉，早早地辞了世，咫尺天涯的相思全余给陆游一人背。年少的错成了一生的遗恨，但最美的华年却亦是年少。那月季迤靡、锦烟微岚的时光，殷勤花枝繁，沾满了彼此的身影与笑语。

而今旧人不再，旧事难逢，没了爱恨纠葛，心亦空了。

终不似，少年游。

《杜十娘》
山盟海誓尽虚假

朝也盼来暮也盼，盼得怒放并蒂莲，再无狂风暴雨骤，再无冰雪彻骨寒。从此后，奴与常人无两般，双宿双飞在人间。

古时没有电子的便捷，但古时有戏。

锣声一起，走马看花，移步侧身间全是另一个世界的风云变幻、欢喜悲忧。那么慢，却又那么引人沉迷。

这故事，颇有几分妖狐迷蒙书生的神异味道，却颠倒了关系，书生成了惑人的妖，被迷的反倒是烟花场中见惯王孙的风尘女。

自从两年前，一个名为李甲的公子到了这怡春园，名妓杜十娘便再不见旁客。她自与他在闺阁天地小意温存，把世事的庞杂都留于外界。

她不图李甲的财，不图李甲的势，她才名俱在，容貌一流，却只希求一个姻缘。"祈上苍赐我做个凡人妻"，那样卑微而恳切。在外面多少王孙眼中，她杜十娘"千金难买一曲，万珍难劝一觞"，如今却为一个李甲落得比凡尘还低。

一想到他，她心如湿地，青苔迂回绵生，疏勃地招摇在细雨中。

身为布政府家的公子，李甲虽算不得富贵王权，但也是绝不敢把一个风月场中的女子擅自做主带回家的。他深情款款亦是真，却没有杜十娘做个"凡人妻"那样的远虑。

所以，当十娘提出可愿携妾返故乡时，他面有难色，吞吞吐吐瞒不过，只得说，家父为官一方，门庭威严甚堂皇。

她明白，说什么门庭威严，不过是鄙她出身。她陷入爱情的泥淖不可自救，那一钱尊严还要有。

"不如你我一刀断，分道扬镳又何妨。"这是她给他的最后一次坦白机会，只要他李甲承认不能带她回门，她杜十娘便断了前缘，另寻归宿。

然而此时情浓，他自认诚心一片，决不肯做那负心汉，为表真心，誓言随口便来。"此心不变对上苍"，他许只是过过口，她却真记在了心。

第一次的验证机会很快就来了。李甲日日流连，早已囊中羞涩，不复初时掷金的豪气。十娘可以为了儿女情长留他，院中的鸨母却不能无偿供他吃住，且李甲在一日，十娘便不会接客，她可不是她的女儿掌珠，她是她的摇钱树。

十娘骂她翻脸无情，身边丫头四儿也帮着说，既如此，不如放十娘姐姐远走。她舍不得放十娘远走，但转念想来，李甲如今身无分文，哪里筹得赎身的钱。于是爽快同意，若他十日内能拿出三百两白银，便依约放人。

李甲当然拿不出。但刚刚才说过"此心不变对上苍"，心里到底还温着一丝缱绻，又是一番赌言誓天，一定会筹到银钱赎出杜十娘。

京城的好友访了个遍，哪个听了借钱不是能躲就躲。借钱这事，靠的从来不是人脉，靠的是人情。人情可遇而不可求，幸好还遇上一个柳遇春。

本来柳遇春是没打算借钱的，因为觉得李甲受了欺骗。他认为杜十娘借此良机要把这个穷书生扫地出门，从未曾想过一个风月女子也可以一片冰心在玉壶。直到随李甲去了怡春院，见杜十娘奉上积蓄凑了一半银钱，这才信她情意为真，借给李甲剩下的一半赎金。

鸨母未曾料到李甲真能筹到银钱，当即反悔。十娘哪里肯答应，她心心念念着想做一个凡妇，为此威胁赌咒也在所不惜，张口就能说"你将银钱还他，我把命留下"。

鸨母虽爱钱，却不愿搭上人命，终是答应放她离去，但要她净身出户。还好她聪明，早料得如今，把大部分财宝装在奁中，交给好姐妹月朗代为保管。

她早已开始践行了——要做好一个凡妇，行今日，便要想到明日。

终于如愿以偿，嫁予李甲为妻。在柳遇春的府邸中，红鸾喜凤一身艳，她尝到半生未有的心悦。

杜十娘（唱）：朝也盼来暮也盼，盼得怒放并蒂莲，再无狂风暴雨骤，再无冰雪彻骨寒。从此后，奴与常人无两般，双宿双飞在人间。冰心傲骨沥肝胆，举案齐眉侍夫男，随君孝双亲，再苦心也甘。莫负十娘一片情，白头偕老天地宽。

走到这一步，守来的爱情不容易，她不贪不求，这样就好。坏的不要来，好的也不要来，她要的就是现今的一切，不完美的夫妻，不完美的他，其余的，就忘了吧。

但我还是为她怜。一句"莫负"，是有忐忑的。忐忑是因为不信任，她对李甲，怕也是没有笃定的自信。

就像是大多数戏如人生里都会有的谶言，说出口的忐忑本是为求心安，却渐渐成真。

还不是什么艰难的考验，只是觊觎十娘已久的纨绔孙富拿了银钱对李甲稍加蛊惑，"辱门庭，败家风"，几个字就让李甲一直未消的顾忌呈现出燎原之势。

他这样惊惶，惊惶到仿佛他与十娘已然落魄，而他为了一个青楼女子真落得个无钱无势的下场。

想想都让他一身冷汗。她杜十娘说得出"你越清贫我越清长"这样的话，他李甲却过不得这样的生活。

十娘得知真相的时候，李甲已把她卖给了孙富。虽背得个妻子的名，但一个"卖"字，把所有美好希冀都嘲笑成自以为是。

不幸我自幼死爹妈，卖身葬父堕落在烟花。

进院后受鸨母多少打和骂，我浑身上下是伤疤。

来院的尽是纨绔子，我是为出风尘嫁李甲。

实指望良禽择木身有靠，谁又知我凤凰瞎眼会配乌鸦。

这真是痴心女子负心汉，到头来海誓山盟尽虚假。

说什么严父要责骂，分明你假借因由将我卖。

李甲你贪财忘义是小人，贼孙富你仗财好色行欺诈。

我十娘是连城白璧贵无价，岂肯匹配你夜叉！

骂孙富李甲手段辣，骂得我肝肠断手足麻，我满腹冤屈无处发！

见江河水水无崖，波涛滚滚是我的家，我的娘啊！我含恨打开百宝箱！

珊瑚树翡翠花我丢入江里，猫儿眼水晶簪我是无所顾惜！

将宝环宝钗一一丢弃，实可惜夜明珠落在污泥。

"寒夜生秋露，青丝华发总倏忽。胭脂红粉归白骨，一朝荣与枯，由来情字最是苦。待到浓时又怎生发付，随寒江东去浪卷云舒。"

隐约记得，当初尚在青楼时，她就这样唱过。可那时只是唱，一朝荣与枯，个中滋味，终是体会不深。如今被逼至此境，面对滚滚江水，把宝奁里的财物尽数投掷，才惊觉，含在口中最苦的，果然是情字。

《投江》是戏的结束，也是十娘人生的结束。她随着江水而去，想来，江水日日，应能还原这颗落在污泥的明珠。

戏罢人散，又见春回。

春光一片明媚的好，从新芽初萌的树梢尖上一路绵延至我眼底。我想不出怎么这般地爱它，每每见室外晴朗，阳盛清风起，就欢喜难言。

春日的植物，生命殊旺得跟什么似的。沿屋边长的那株紫丁香，我眼见它拔枝、抽芽、展叶、打蕾，不过一周的光景，就花穗繁茂，不遗余力地把悠悠若深水的淡紫色扑涂尽每一丫杈。一时间，这里美不似人间。

最不可思议的，却是那片依附着寡芜的土地茁壮的杏林。

密密节节的木臂，浅褐色支在空中，隔得远些蒙着未散的雾霭去看，荡荡绘成一纸薄荷灰。但真不知是何时，我再打一旁途经，远远只见融融簌簌半边雪白中透着娇粉，飒然而为一片花林。

我知晓的杏花皆为素白之色，以往春游山头，总是霭白一树与梨花相映。诵的范成大《忆秦娥》，写的亦是"东厢月，一天风露，杏花如雪"这样的句子。但这杏林中却实实在在透着一丝娇粉，像洇不开的胭脂留痕于玉润的肌肤上。

心里好奇，回家后马上查询，才知，杏花含苞之时，花苞为纯红；开花后颜色渐淡；花落时则变至纯白。

它的修行竟在这。从芳灿华年逐渐息声隐去，这样甘愿地把人生涤至清淡，在白味里炼出百味来。

杜十娘，也许就是那一生苦苦洗色炼雪的杏花。

奈何艰难在于，她欲做离蛹挣脱的蝶，却未能破出命运的茧。

人人皆晓有关"红杏"的千古名句，念起时不自觉就带了些轻薄浮意，但比南宋叶绍翁"一枝红杏出墙来"更早的，其实是北宋魏夫人的《菩萨蛮》：

溪山掩映斜阳里，楼台影动鸳鸯起。隔岸三两家，出墙红杏花。

时人穿凿的苛责在追远的时光里仿佛都褪了淡了，那时的红杏，只一心贪恋春光，是善意与美寻的一点萌动，是墙里墙外对着天地无声而恩育万物的一番叩谢。

时至今日，它仍旧伴春光为生，没有傲骨，没有隐逸，没有爱情，没有清寂，只一心守它所守，恋它所恋，不要刻意的相伴与襄赞。

古人喜插花，依据各式各样的花制定各式各样的理。韩熙载《五宜说》就认为插花赏花需焚香：

对花焚香有风味相和，其妙不可言者，木樨宜龙脑，酴醾宜沉水，兰宜四绝，含笑宜麝，纲葡宜檀。

总觉得花香对起燃香来不免带着股纤佻意，若是杏花，最好不必，它不是秾艳需要配香赏的花。只该澹澹素面，清发直垂，用最原初的姿态去面对这个世界。

陈继儒在《岩幽栖事》里对"瓶花置案头"的绘述中也有杏花的相关记载，说"杏蕊娇春，最怜妆镜"。我亦替杏花委屈。置身端瓶，对镜自怜，这对于它而言是怎样的折磨？它若在我手，必放了它，让它径去呼吸清风中的生意，五湖三江觅它的春。

这才发现，古书里的三两言辞对于杏花是这般不公，从不切身为它着想，只视它为玩物，怎样顺自己的意就怎样来安置它。我正愤愤着，突然却想起一个人来——元好问。没错，当然是写"问世间情为何物，直教人生死相许"的元好问，那个诗作中常常金戈铁马的爱国诗人。但就是这样铮铮傲骨的人，却为杏花写下"一般疏影黄昏月，独爱寒梅恐未平"的快语。

同样是疏影横斜，怒放在黄昏月色中，独爱寒梅的人恐怕未必公平吧。我读到这，简直要为他击节叫好，我所有为杏花的不平他都替我言尽，教人忍不住要爱悦这未逢而知的懂得。

他是真懂。最珍贵的懂就是这样，不盛赞也不肆扬，默默知晓它所有的好，且为他人的不知而感心痛。

若红杏得以听到此语，哪怕要它挥别春光隐入黄昏，猜它也应是甘心的。毕竟，春天去就去了，知己，却难得。

《救风尘》
莫学弱者空泪涟

> 我想这姻缘匹配。少一时一刻强
> 难为。如何可意。怎的相知。怕不便
> 脚搭着脑勺成事早。久以后手拍着胸
> 脯悔时迟。寻前程。

说戏，有时也许只是为了说一抹静夜沉沉中的背影。

人生如戏，生活留下的伏笔莽莽榛榛，梳理它们，一如引线穿针，去绣那柔绡之上承接的片羽，渐渐续成细腻的诗篇，一不小心就吟哦在褶皱的弧纹里。我任由那些声音绽放，感受饱满的存在，在鱼儿眼中发现自我的眼泪。有一瞬间，连尘埃都成为洁白。

尘埃洁白，心境洁白。那样一片深重厚意的颜色堆砌在时光里，盈满像风，四面八方地来应你。草木不伶仃，暮照亦缭绕。世间的一切都似有了恩情，要彼此呵护，包裹，耳语泠泠。

她出身不佳，但也知道世间的恩情当珍惜，比如在这欢情场上遇见一个闺中密友。

她明白，她赵盼儿与宋引章比不得那些闲日里逛街品茶的大户小姐，甚至都不敢奢求小家碧玉的单纯与天真，她们两个是依偎的姿态，尘世里互相取暖，彼此慰藉。盼儿，盼儿，其实她有什么要盼要求呢，不过是希望到最后命运的湍流能归向平静的海。

所以她无比羡慕好姐妹宋引章。看透了那些朝秦暮楚无耻辈，便明白可意之人难寻觅，而宋引章有福气在结识了一个安秀实，老实可靠，又一心待她，就等着他高中之日过来迎娶，引章就能离了风尘另起人生。

但宋引章却有自己的顾虑：只可叹他满腹才华难折桂，好人品换不得乌纱来。三年苦恋满期待，到如今却依然白衣一秀才。他功名心愿若难遂，我落得个镜花水月空悲哀。

这番说法，把名利看得太重，情意看得太轻，很危险。赵盼儿能察觉，但再亲密的朋友，也不好对人家的生活所向有所置喙。只是她没想到，不过几日工夫，这危险的苗头就燃成了火。

新来的郑州花台子弟周舍看中了宋引章，在他甜言蜜语的攻势下，引章竟迅速决定违弃与安秀实嫁娶的约定，转而嫁给周舍。

赵盼儿是见过那个周舍的，纨绔子弟，风月场中伪装得太好，绝非值得托付的良人。她左右为难，不知该不该去劝，安秀实却求上门来，希望她能以好姐妹的立场劝阻引章。她也就顺势去了。

但此时宋引章眼中，没有当初与赵盼儿相慰相扶的日子，亦没有与安秀实的两心相印，有的只是周舍殷勤的体贴。她不想回头也不能回头，她不是无情，只是无奈，风尘太凄苦，她快要受不住。

那么急迫，以至于忘了，真心是看不见的，看得见的都能刻意人为。

所有刻意都是假装，假装的，就不可能一辈子，而纨绔子弟的所谓关怀入微，在目标达成后便戛然而止。更何况，他本就没有诚意娶她，当初也只是兴起而为，当作红尘游戏一场潇洒，如今娶了，也只有一顶花轿送进他周家家门，什么盛宴都无，反要遮遮掩掩，只怕她这"青楼女"的身份坏了他的名声。

到了这一步，富贵生活的旖梦也就该破灭了，甜言蜜语都成了拳打脚踢，曾经的生活虽苦，至少还有期盼，如今想想未来，只剩下不寒而栗。

但她也真是幸运。她说过的誓言可以轻易推翻，有人却牢牢记着。

安秀实知道她的现况后，心急如焚地赶来郑州。这般及时，必是时刻不忘探听她的消息，她若好了他祝福她，她若不好他便要来救她。

救不救得出尚且不论，光这份心意，宋引章已经无以为报。愧疚后悔是真，绝望也是真，她不知道还有没有机会再续织这匹真爱的锦，此时才幡然，荣华万千，抵不过安平无扰。风尘里陷了那么多人，原是不需富贵来拯救的，不过是寻得一个可依可靠真情真心的人来搭一把手。

似乎都晚了，又似乎不晚。

她什么都不能做，他虽做不了什么，好在身尚自由，还能奔走四顾找别人来救。

说是找别人，又能找谁？他也不过是一介落魄书生，认识且可靠的，只有一个向来如长姐般通透理智的赵盼儿。之前两姐妹的联系随着出嫁断了，但旁人到底比不过她与她情意深，说起来，这也是一种成全。

得知宋引章境遇凄惨，赵盼儿虽早有预料，还是忍不住气急难安。想来，这大概就是真心了，不说不问，不代表不惦念。哪怕彼时负气，说出"若遇事不搭救"的话来，真要遇到了事，又怎么可能置之不理。

她盘算得清楚，宋引章受过聘礼饮过合卺，是名正言顺的周家妻，何况周舍有权有势有后台，她不过风尘女子，硬要抵抗，实在斗争不过。要救，就只能智斗。

这出《救风尘》，全名为《赵盼儿风月救风尘》，是元代关汉卿所作杂剧。定位为喜剧，且杂剧多夸张，多少有些戏谑不严肃的味道。然而越剧的《救风尘》，许是多了独特的绵软腔调之故，每一处的情意都显得更绵长。赵盼儿的义气堪夸，安秀实的不离不弃更看得人五味杂陈。舞台上千千万万的形象，为求显达或显达后背弃旧情的男子有无数，他这般重情的，却少。

就连赵盼儿出手，除了有与宋引章的情意作支撑外，也有一部分原因是感念于安秀实的休戚与共，因而才会感慨，"看惯了甜言蜜语假殷勤，尝遍了人去楼空真凄凉。喜今日又见真情意，女儿心顿然沐春光"。

救宋引章，何尝不是在救一颗对爱情向往的初心。

她像一个侠女，驾车策马就去了郑州找周舍。

这折《戏周舍》总让我想起刘三姐对山歌的情景，看似风流里都隐藏着一颗正义的心。

她一来就骂声周舍小冤家，好像早已对他情根深种，一番表白，让周舍不免飘飘然。宋引章早已成为他的腻味，如今有个新的女子前来投怀送抱，他的犹疑也不过一瞬。

很快，他写好了休书给宋引章，欢喜去找赵盼儿时，金蝉脱壳，她已不见影踪。

中国旧戏里的伶人，也称"路歧"，这个词，其实已是沾了风尘。

俗世天下，谁又能完全找到那条真正正确，不是"歧路"的路？但能相逢于无涯的时间，无垠的空间，心下已清明无碍。

戏里戏外，多少人都曾被困于风尘，如涉河过岸，趟不过，水没到了胸口，一时间迷惘不知去向。

素日里言及的离合与悲欢，是浮生翻山越岭不可逃避的嶂，而细碎若失望、委屈、愤懑、无措之类的情绪，却更像古老岩洞里诡秘的雕刻与经文。你用手指精微的触感，觉察出它们与周遭光滑石壁的格格不入，却谙不透起伏中的意义蕴含了怎样的人世多谲。

因而总是猜疑，因而总在探索，因而总有杂念。

不知何时已变得不爱看烟花，倒不是因为那荼蘼一刻繁盛不可持久，笑怀之后便是离殇。我只是觉得烟花绽放虽美，却无法掩饰爆裂时难听的声响，从耳膜冲撞到心底。好似所有的碎解都注定让人痛心震撼。

更愿意心无旁骛守一株花开。又或许，花是可以不开的。我只携上一本轻薄淡婉的小书，文字亦可，图画亦可，落座于碧阶台前，晚风松香，斜照霞黄。读到的语句是清宁的，阅得的故事是流长的。

我不是戏的知音，我只是在他人的故事里探寻缄默如树的生活中那脉络的纹路，那根须的走向，知一朵花里细蕊的芬芳。又平常，又殊美。

听戏，是把柔软的时光裁衣披身，招摇一段弱柳拂烟的心事。低眉的姿态是虔真，是慈悲，是女心春晴秋霁的盛硕美好。以眼睛去爱慕世界，以灵魂去寻找灵魂。

更珍惜的，是这一番记录与回忆的过程，这样温柔又这样冲动，这样平静又这样灿美。写作，是理智不能压抑情感、情感难以束缚理智的平衡所在。亦如艳硕到极致的花朵，饱满着，欢肆着，歆享天地山河日月光华。写作的生命是精致到每一缕发丝都可以活泼生鲜的。

将写作的气息渗透进生活，用这样的精致串起庸常。于是你懂，日子里的细细碎碎，本就不是一首风雅的唐诗，最岁月静好的方式不过是撒网捕捉那些诗脚踏雪留痕的韵味。

我怀疑宿命的安排，却信任宿命的恩惠。透过树梢密织的叶锦，抑或是透过指缝，看到的阳光是不同的。生命的每时每刻，每寸每地，都费心给予着众生惊喜。仿佛湖堤谧静，如一头乖顺趴伏的小兽，会随时起身，与你温情拥抱。

这是忭悦的，引人恣莞的。我总是相信。

《追鱼》
情字能别人与妖

说什么夫妻天涯各一方，你才是翻
脸无情变心肠。你忘了草房相亲结同心，
你忘了碧波潭畔情深长。你忘了花前月
下相依偎……

喜欢在闲懒无事的午后给自己泡一杯茶——最好是年轻貌美的香片。不要老茶，担负太累，生怕一不留心就喝败了其中的深意。这样枕在一晕茗烟里，舒情而明快，仿佛时光不能再有更好。

也喜欢在这舒情而明快中小憩半响，在醒来时观见一只猫。绒绒的小猫。也不逃窜，也不嘶叫，只汪汪着一对扑灵的眼睛和你对望，像感受到你无声的善意似的。

那一瞬间，觉得生命处处无害。

有时，我一若书页间浩浩渺渺的文字，任凭无欲争欢的静默将自己映成一斜宿景，嵌在风响花深的世间。

对于人世的爱恨，有一种本能的感激。自知贪心，遇见那些拙朴而深情的言语、深意密蒙的名、浮生的小温暖，总恋恋不忍弃。收进梨木妆盒中收成数钿的温柔，可以坠在一个女子的额前摇摆出泉涌的爱意。

人世。这是一个奇妙的词。

蒲松龄写了一整本《聊斋志异》几乎都是写给妖鬼的，可是哪怕故事是妖鬼的故事，发生的场地也定要是人世间，因为离了人世，爱无因，恨无果，一切的理所当然都好似失了缘由。

是人非人不重要，要的是在人世走一遭。

月隐薄光的夜，我被"人世"打动，而碧波潭底的鲤鱼精，被一个书生的寂寞打动。

张珍：(唱) 碧波潭微波荡漾，桂花金黄影横窗。空对此一轮明月，怎奈我百转愁肠。

潭前感慨的张珍，原与丞相金宠之女牡丹指腹为婚，后来张珍亲亡家败，只好到金府投亲，欲寻个依靠。衣衫褴褛的落魄书生自然讨不得丞相的喜，一句"金家三代不招白衣女婿"便打发他到了碧波潭畔的草庐，要他以攻书为务。此后再未提及亲事，也未让小姐金牡丹隔帘一见。

月色之下，碧桃婆娑，潭水粼粼。此情此景难再忍心别意，他孤独在口，一见那水中翻跃的锦鲤就全诉了出来。

他诉他的苦也还罢了，偏他还有多情的怜。

"你那里凄凉水府，我这里寂寞书房。我白衣你未成龙，我单身你可成双？"

人世的漫路风烟，他该是经受得辛苦，不然不会把自己的委屈与艰难迁延到一尾鱼的身上，还迁延得那么恰逢其适的好，让人质疑不了他的真诚。

他诉过了，便放下了，转身回了书房把之前的事忘得干净。

不知有颗心已放不下去。

修道在碧波府的鲤鱼精，日日里伴张珍攻书，对他早已熟知。然而她今日现身，却并非为了这份熟知，她说的是，蒙他多情，顾盼于我，他怜我水府凄凉，我慰他书房寂寞，有何不可？

未历人世的小妖，她并不知对于人而言，"怜"是一种多么轻易的情感。她不知，才会为了那个书生随口一提的"凄凉水府"而感激心动。初涉人世的妖，总有种无知的善意，看得人害怕也看得人心喜。

她虽善，但不傻，知道要化了金牡丹的样子再去书房寻人。

去时张珍正在打盹，她想唤又不敢唤，最后想出办法，向他洒了几滴清凉的潭水。这是只有妖精才能想出的主意，这样活泼与俏皮，绝对不是一个大家闺秀能做出的端庄举动。可反而因为这俏，忽觉她身上的一丝人气。

她与张珍相看相欢，她扮作小姐前来，让张珍诧异惊喜，张珍的好言软语、风度翩翩，更是叫她动了凡心。此时清风明月皆静，花树碧波皆有情，誓言说下便下，她说，但愿得夫唱妇随常相叙，却比那玉堂金印胜十分。

假的是人，真的是情。即使要分别，也要约好明晚二更后在花园相见。

四野多冻骨，金家却在赏梅花。

赏花宴上，金宠打得好主意，待到张珍科举落榜就逐他出门，他再为女儿择状元郎而嫁。但金牡丹却为不能当即和张珍解除婚约而生气，于是独自留在花园散心。

一留，便至二更。

张珍依约前来，见小姐早已候在此处，欣喜地上去相见。然而真小姐非假小姐，他这肉眼凡胎的书生自然被当成了调戏女儿的浪荡子，背上这样的罪名，金家乘此良机把他赶出了府。

张珍生气，不只气金家无情，让他没了容身之所，更气那个口口声声说夫唱妇随的小姐，无端变心，转眼恩断。

他生起气来，有一种固执的可爱，是认死理的书生应有的固执。鲤鱼精不舍追赶，又装作小姐向他道歉陈情。

鲤鱼精：张郎你休要如此讲，适才间只因我爹娘在身旁。并非我有意来冲撞你，妾身是逼不得已望见谅。

张珍：说什么逼不得已望见谅，分明你翻脸无情变心肠。

鲤鱼精：我若是翻脸无情变心肠，又怎会黑夜奔波追张郎？

张珍：花园捉贼如何讲？从此后你我天涯各一方。

鲤鱼精：说什么夫妻天涯各一方，你才是翻脸无情变心肠。你忘了草房相亲结同心，你忘了碧波潭畔情深长。你忘了花前月下相依偎，你忘了我伴你攻读到天亮。如今是妾身有家归不得，夫君你又是执意不体谅。倒不如舍身奔赴黄泉路……

张珍：小姐呀，你一片真情我永难忘。

她是一片真心说投入就投入，连舍身赴黄泉这样的话都能说，彻彻底底把自己当作是觅红尘的人世女子，为了情意敢生敢死。张珍也是老实，原谅了就不再傲气半分，紧赶着去表心意，直率又诚恳。

我喜欢这出戏里的两个主角,人与妖的故事虽多,却少有他二人那番不经世事的真。

确定了心意,且如今张珍再不受金府的束管,他与她自在不已,相携去看花灯。

灯市灿若星海,他们流连嬉笑,却正好被出门的金宠撞见。

金宠不识妖精,只以为是女儿牡丹和穷书生在一起,心惊不已,回府便唤人把他二人带了回来。同在府中,真假牡丹相遇,金宠无法,只得去请包公来断案。

鲤鱼精不怕分出真假,她怕的,是与张珍夫妻情绝。白素贞曾为了许仙夺仙草,她为了张珍去搬救兵。

碧波府也是个小世间,人有友,妖有伴,她遭了罪遇了麻烦,也自有她的伴来为她助阵。

乌龟精义不容辞地站出来,自请扮作包拯来为鲤鱼精解难。

包公:一见此妖我心头恼。

龟精:见了真包我暗好笑。

包公:他竟敢以假乱真把相府扰。

龟精:今日假包要斗真包。

包公:你是何方妖孽敢称包?

龟精:既有双牡丹就有两老包。

包公：你可知鱼龙不相同，真假难混淆？

龟精：有道是无风不起浪，风急浪也高。

包公：堂堂相府怎容你来惊扰？

龟精：闲事莫多管，劝你回家去睡大觉。

包公：漫说人间短和长，就是那地府阴曹我都去管到。

龟精：纵然你打破砂锅问到底，这其中奥妙你怎知晓？

这段戏文，其实没有什么情感上的纠葛，于故事也没多少承接，但它太有趣，也太妙。一人一妖的对话，一真一假的对峙，看到这里，才有种真正戏说的感觉，是有妖的人世，于艰难之中的侃侃。

真真假假，其实包拯的判断一点儿也不重要。重要的是张珍的心，他认定的，便是真。

张珍：她俩容颜虽相同，

真情假意我明了。

一个是书馆夜探送欢娱，

一个是花园提贼施奸巧。

一个是观灯释误慰知音，

一个是公堂受责她冷眼瞧。

这牡丹待我情意如山重，

心似花容与月貌。

那牡丹薄情寡义无人性，

心似寒冰空有貌。

容颜难分两牡丹，

情字能别人与妖。

助人是人，害人是妖。

越剧的《追鱼》，源于明代公案小说《包公案·金鲤篇》，又名《观音鱼篮记》，1956 年正式上台公演，大受瞩目，之后被改为越剧电影，男女主角分别由徐玉兰与王文娟扮演。徐玉兰和王文娟还有一次经典的合作，是越剧电影《红楼梦》，我母亲特别喜欢，每次看到还要跟着唱上两句。

在《观音鱼篮记》里，原本的结局是鲤鱼精被观音菩萨收进鱼篮，终修成了鱼篮观音，而书生高中，与真的小姐结了姻缘。《追鱼》却改得彻底，在鲤鱼精与天兵天将的打斗中，观音现身，帮她渡劫。

观音问：现有两条道路，随你选来。你愿大隐还是小隐?

鲤鱼回问：大隐怎的，小隐何来?

观世音说：小隐随吾南海修炼，五百年后，得道登仙。

鲤鱼精说：那大隐呢？

观世音回：大隐拔鱼鳞三片，打入凡间受苦。

最后，鲤鱼精自是选择了大隐，拔鱼鳞三片，得以来到人世，与心爱的男子共柴米同油盐。

人世。它那么平常，是芸芸众生无从选择的容身之所。可是，凡间种种苦，那是仙家眼中的"大隐"，不为修仙成道，只因有深深的情缘要熬。

煎熬的熬。但我仍感激，我在人世。

在人世面前，我只是想做一个美的信徒，从不吝啬去坦诚对这世间的爱意。相信这世间是美的，并非相信这世间只有优雅，只有圆满，只有瑾善。真正可赏的大美，是落于日常人事，真正会赏美的人，对微微小物都有喜怜，可把玩，无戏耍，付出的情意皆端庄。

星辰以行，江河以流，万物以昌，原本都是有其贞吉所归的。

随爱善缘，当喜则喜。

昆·曲水磨色

《玉簪记》
弦上心事谁能识

只见他明眸含星电，只见他浩气迫寒烟。分明蟾宫折桂客，先登寺观凌云殿。翠钿尘锁怕熏风，芳心冰洁愁春天。

听《玉簪记》，最好是昆曲，婉转绝美，才子佳人的韵味在特有的腔调里百缠千绵一回旋，便身心俱静，只剩下入戏的痴了。

她和他的初相遇，与大多数人都不一样。

她叫陈妙常，原也是官宦人家的小姐，却在战乱中与家人走散，孤身一人无门路，又是柔弱的女子，无奈之下便投奔了金陵女贞观，成为观内一名修行的女尼。

但就连《思凡》中那自小被家人送去道观的小尼姑都会叹一句"正青春被师父削去了头发"，何况她这半路出家的娇小姐。她能冷静乖巧地在大殿上回答师父"《清静经》乃是太上老君为西王母娘娘说的一卷真经",可心底里对于所谓的"清静无为自然境",本能地没有向往和追求,身在观中,心却在红尘中,翩翩一振化了蝶,往泱泱世界自在飞去。

竟然真就叫她等来了同飞的梁山伯。

女尼妙清来向老道姑禀报,说她的侄儿要去临安赴考,路过金陵,特来拜访。老道姑一听便知是侄儿潘必正来了,直接将他叫来大殿中安排起居事宜。戏剧可爱,根本不用担心男女的避讳,想要见,便能见。

大殿上一众女尼皆在,潘必正客气见礼,礼数做得足。老道姑为他定下东首的碧云楼,是整座观内环境清幽之所,望他专心读书,又另叮咛了几句,便转身先行,欲领他去往住地。

他也跟随着转身,抬头一望,望进了陈妙常的眼。

人群中多看的这一眼,总有说不出的魔力。他被道姑催促,匆匆离去,留下一尾无形的影,陈妙常却偏偏像丢魂一般,盯着这一尾影,怎么都移不开目光。

"只见他明眸含星电,只见他浩气迫寒烟。分明蟾宫折桂客,先登寺观凌云殿。翠钿尘锁怕熏风,芳心冰洁愁春天。莫不是凡心俗念尚未绝,才会得自寻烦恼生依恋。"

她看他，哪里皆好，容貌气魄，无一处不好，连他必定高中状元都敢预言，这便是看对了眼。可是佛经道法，她毕竟读过，"由爱故生忧，由爱故生怖"的道理虽未曾经历，却记得坚牢，如今这一面而生的依恋，多多少少让她忐忑。

找不到别的法子驱除芜乱的心情，于是回了房，开始弄琴挥音。

琴音起时，潘必正恰与道姑在碧云楼上，瑶琴送雅韵，正是他这样的文人书生最感兴趣的，自然询问起弹琴者是谁。道姑回他，哦，那是陈妙常，你方才见过的。

方才见过。若是不提，差点就要把那似藏玄机的一瞥给忘了。可就是不能忘。有千万种变幻莫测的法子会忽然出现提醒他。到这一步，已经可以初步判定是爱情了，不是爱情，老天不会费尽心机赐下这种缘。她是人群里独一无二的那一个，她的琴音被他听见，她又是琴棋书画无一不通，可以与他切磋交流。潘必正一定有预感，她不会是他的茫茫红尘中擦肩的过客。

这一惦念，就是夜夜。凉风有信，月色朗朗，每个夜里，都有她的琴音惊醒他的残梦。

终于这一日，他也不知怎的，庭院闲步，就走到了她的白云楼下。

琴音里，她在叹，叹己身身世飘零，亦叹那一点捉摸不透朦胧恼人的情愫。琴音可以寄相思，杂思也能挂上弦，这不稀罕，稀罕的是，他全都听得懂。于是她的叹，被他怜了去，相知更欲去相酬，他忍不住叩响了她的房门。

此时已更深露重，她万未曾与一外男在此时会面过，纵见来人是他，到底还是惊大过喜，请他就座后，一时间相顾无言。潘必正见她尴尬，率先开口，我在碧云楼读书，听见你的琴音，受姑母之名特来请教琴艺。

事先找好的理由，拈来顺手又适当。但她不敢真指教，一来是女子身份有所不便，二来她从老道姑处略有所知，潘必正才华横溢，琴艺亦是高超。索性顺水推舟，要他指点一番。

潘必正也不推辞，坐到琴后弹了起来：

雉朝飞兮清霜，惨孤飞兮无双。念寡阴兮少阳，怨鳏居兮彷徨。

这首《雉朝飞》，相传为战国牧犊子所作，牧犊子老而无伴，见雉鸟双飞，一时感慨，遂以丝桐创下这首曲子。《溪山琴况》中提及《雉朝飞》，说它"忽然变急，其音又系最精最妙者，是为奇音"，历来备为懂琴之人所推崇，汉朝蔡邕在其撰述的《琴操》中，将《雉朝飞操》与《履霜操》《猗兰操》等古操合列为"十二操"。

曲是好曲，潘必正大概也只想到它的伟大，却忽略了含义。人家司马相如琴音表白卓文君，奏的是《凤求凰》，到了他这，可好，变成了一首无妻的曲子。

陈妙常也问他，君方盛年，何故弹此无妻之曲？

这个呆子才反应过来，慌忙解释，小生实未有妻。

"实未有妻"这回答实在不精妙，没答到问题的点子上不说，且太过直白，惹得陈妙常有些羞怒，只说，这也不关我事。

潘必正也察觉到了气氛的微妙紧张，赶紧转了话题，只是转得生硬，说了一句"这儿终朝孤冷，太难消遣"。妙常只静静地看他一眼道，出家之人有何难消遣？

（唱）长清短清哪管人离恨，云心水心有甚心烦闷。长掩院门不知春，钟儿磬儿枕上听。梅花帐内绝凡尘。

长掩院门不知春，梅花帐内绝凡尘。我听她唱这两句，丝毫没有云卷云舒的放旷和闲情，通口皆寂寞，是一种别无他选的无奈。

潘必正应如我，对这样寥落的她好不怜惜，可他偏就是不懂说话，一开言不是好语的温柔安慰，而是说不出的放肆。

（唱）更深漏深独坐谁叩门，琴声怨声心曲谁知音。只怕露冷霜凝重，衾儿枕儿谁共温。

太轻佻了。这话听到任何一个好人家的女儿耳朵里都是一番言语的轻薄。但我知道，潘必正不是那种狂蜂浪蝶，他年轻又书生气重，在中意的女子面前想表达又不知如何说话，急急进进间反显出一种年少的可爱。

不知他自己是否察觉到这话中的不宜，但妙常是当即就沉了脸，警告他若是再此般轻狂，就告诉他姑母。他这才连连讨饶，保证再也不敢了，说着就要起身辞去。

他以为她铁石心肠情意冷，可其实她，心逢春意面残忍。

这一折戏，再是出名不过，它有一个特别的名字，琴挑。是说陈潘二人借琴互探，虽未完全挑明，却已各自通晓心意。

琴挑，琴挑，在心动如潮涌来之际，又何妨轻佻呢？

也就这一回，他抛却十年寒窗的儒礼规范，只做世间那个情动的男子。他求的是一颗心，不像现今许多时只为求一场速食的爱情。

说破的不一定是真心，真有意了，不说破也在心里。

对爱情最敏感的青春年少时，稍有些风吹草动，那香就嗅在鼻端。暗香萦绕，念念难消，情怅之下就相思成疾。

闲庭开遍紫薇花，人在天涯，病在天涯。于潘必正而言，他思恋的人未行天涯近在咫尺，病也来得突如其然。

但也幸亏这场病，要不哪来妙常的"问病"？

失了那些坚硬的盔甲，才能把最柔软的情感裸露，心心相触，再骗不了自己。

妙常不敢与人言，可她不过妙龄女子，澎湃的情感藏不住在心里。

松舍青灯闪闪，云堂钟鼓沉沉。黄昏独自展孤衾，欲睡先愁不稳。

一念静中思动，万般情意难禁。强将经卷压凡心，怎奈凡心转甚。

藏不住的，都诵进了诗，以为只是女儿情怀，自己与自己的对话，不承想被病愈后的潘必正在窗外全听了去。

他的欣喜与雀跃不似她一般有掩饰，而是表露无遗，但正因为这种表露，显得光明，丝毫没有猥亵的鬼祟。就连等妙常睡熟后去偷她手上的诗笺，醒来后又挑惹她，这种种冒进举止，都不会让人产生厌倦感。

白先勇先生继青春版《牡丹亭》后，又排了青春版《玉簪记》，依旧是俞玖林沈丰英，景美人美，服装布景皆有泼墨写意的雅，眼神举止更添风流妄动。似乎是太过。可又怎样呢？就因为"过"，才是"青春"。

青春正好，所有的情意才有种鲜嫩，像野草在风里款款随性。

青春的故事，本来不该磨上人世的茧。只是她到底背了个女尼的身份，还得有一番磨。

老道姑撞破了两人的情，逼潘必正离观赴考。

秋江送别，虽含了泪，但泪水随江归海，爱过的人，许下的情，终将回到身边。

其实高濂已算仁慈，不像汤显祖，还要让杜丽娘经历生死，三生三世，表一个情意的决心。

阳光下的碧桃影现已都成了岁月磨平的残碑，留下擦不去的三生盟约还在瘦倚西风。

人注定生而有情执，沧海桑田不改本衷。在那些锦年盛时里，把自己也看成一朵碧桃花，向着它的春光，长笑嫣然不落幕。

所有的感情，都没有不合时宜之说，就像所有的美景都不该被辜负。风来帘动，檐铃声脆。这世间最微小的场景总藏掩着玄机种种，被印存在书卷里的深情仿佛隆冬里的一场蛰伏，候着春回。

我想不出更多的言语将它转述，那么，就在明月逐来的夜，折一剪荷香为舟，放它随水东流。

遇见了谁，都是缘。

《烂柯山》
只有残灯零碎月

桃花庭院光阴速，铜鞮谁唱大堤曲？
归时想是樱桃熟，不道秋千，谁伴那人蹴。

——《一斛珠》

是在我读小学的时候吧——每个女孩都有过这段时候，迷上了荡秋千。每日放学归来，都爱跑去离家不远的一处地，那里有几架秋千。现在想来那秋千真是一点也不精致，不过是铁索套着木板，但当时就是着迷似的喜欢，怎样都不腻。其实心里明白，爱的是那荡高在空中的飞翔感，自由而青春，代表着终将愈行愈远的曾经豆蔻。

真的，每一个女孩儿都值得存有一架秋千在记忆里，它荡得开今后的尘垢蒙面，收得回家常琐碎里走失的自己。

在书册里徜徉久了会明白，这架秋千，不仅是从今时留到明时的，亦是从古时留到今时的。不仅是李清照的女儿初心，蹴罢秋千，起来慵整纤纤手，把不老的年少揉成眼眸里的一汪水，盈盈了又盈盈，也是一个叫张孝祥的词人从未放下过的牵挂，暗香覆袖飘散至今。

轻黄澹绿，可人风韵闲装束。多情早是眉峰蹙，一点秋波，闲里觑人毒。

桃花庭院光阴速，铜鞮谁唱大堤曲？归时想是樱桃熟，不道秋千，谁伴那人蹴。

——《一斛珠》

他的故事，差一点就被岁月带走得一干二净，又或许这才是他最由衷的想法，不愿给野史闲话留下太多的痕迹，戏罢便散场，除了他自己谁都没必要再回味。

但那方墓志到底还是被掘了出来——张同之的墓碑文上清清楚楚地写着：父孝祥，生母李氏。

他不能说的，他儿子替他言明了。

终于知道，原来他在年少时，于芜湖认识了这个李姓女子，并有了儿子张同之。但由于某些原因，李氏一直未得到张家承认。后来张孝祥高中状元，秦桧一党的官员曹泳欲留他为婿，他虽婉拒，但迫于秦桧党派权势压力，只得狠心将李氏送回原籍浮山。后李氏出家，张孝祥另娶时氏为妻。

他有诸多无奈与满腔情意不能诉，那些哀婉的情词都成了纷纷的雪，埋盖了他一身。

整首词，最喜欢的两个字其实是"那人"。

那人。犹如回忆里一个纯粹的剪影，映着窗宣风动摇香般地微微摆着。不点名不道姓，但说起她时，嘴角自然带笑，目中有温柔的光点在晃。

"那人"一定是已随烟尘化水的过往中不可忘却的一个，你独知她有怎样的意义，除了她，无人再可承袭这个称呼。

昆曲《烂柯山》中，汉儒朱买臣心里亦有个"那人"，可是这个剪影在纸上飘摇若烛，眼看要熄灭了，转眼间又升腾了起来，反反复复，叫他恨也不是，爱也不是。

故事要溯源起来，其实是一朵"贫贱夫妻百事哀"的叹息落败在世俗的风里。在崔氏执意离开家后，朱买臣每每想到这句诗，就忍不住生起万千感慨。

他与崔氏是年少夫妻，家中清贫，和所有读书人一样，心里有个仕途的梦。靠着这个官梦的诱哄，一直嫌弃他的崔氏虽也吵闹不断，但一个骂，一个忍，愿打愿挨，磕磕绊绊着也过了二十年。

二十年的夫妻，不说相扶相持，至少也是同过风雨甘苦的，点滴依偎，总有感情。所以当崔氏拿出银钱，说她自己已经另嫁，朱买臣怎么也不敢相信。这背弃，不只是一个女人对一个男人尊严的践踏，他更想知道，二十年的朝夕相伴，他的付出，到底算什么。

我时常粥饭何曾饱，定减半碗你充饥，抬头见你生嗔怒，我忙赔笑脸装呆痴。

他痛心疾首，还不仅是为了质问。

二十年弹指恍惚，可是每一处细节他都牢牢记在心里，他们之间的相处，哪怕更多的是他的退让他的忍辱，却仍旧视若珍宝不敢忘。他以为，他们是要一辈子共白首的，谁知她可以这般狠心，背着他改嫁他人，还将一纸休书展至他眼前，这是要逼他呀，那么决绝没有退路，非要看着他持笔斩断他们之间的最后联系。

他看着她捧着休书兴奋离去，好似被这个家禁锢已久的鸟雀，终获自由，不见一丝留恋。而这个老实的书生，伤心难处，神情若失，默默伫立门前不动。"不要哭，不许哭"，这话，落在任何一个女子的口中已然让人疼惜，他的声声念，真是字字锥心。

只是锥的是戏外看客的心，戏里坎坷寂寥，没有人会关心他的痛，体贴他的伤。

如今没有，以前亦不曾有过。从来只有他小心翼翼揣度崔氏的心情，他的艰难崔氏从不在乎。她在乎的是自己的生活无忧，所以才会轻易被媒婆蛊惑，迫不及待要改嫁给前村的张百万。

我也理解。千人千般态，不提那嫌贫爱富抛家弃夫的行为，她也只不过是凭着心之所向选择了自己要的生活，若真的得偿所愿，姑且也算作喜事。可惜天上掉下的馅饼大多都伴随着陷阱，她嫁过去才知那张百万就是个贫穷的木匠，寄居在寡妇家中，脾气暴躁。

这才想起朱买臣的好来，哪里能再找到一个如他一般任她威风的人。她被惯坏了的性子，能忍得了再一次的穷，却忍不得伏低做小，偷偷收拾下包裹就逃了。

她的落魄，反衬了朱买臣的好运。

做了二十年的官梦，竟就一夕间成了真。高头大马，衣锦还乡，烂柯山一草一木似乎还是旧时模样，但仔细打量，又觉得处处不同，熟悉里透着陌生，晃神间他也快忘了自己身在何处。

离开张家借住在媒婆家中的崔氏某日偶遇公差，无意间听闻了讯息。失魂落魄，她不知自己想说什么想做什么。不知所措的一切，在一场梦里，她告诉了自己。

崔氏（唱［锦中拍］）：这的是令人喜悦，做甚等铺设。

众（唱）：奉恩官命特来打叠，小人们不劳言谢。

崔氏（唱）：（啊呀妙呀！）这凤冠似白雪那些辨别，（啊呀有趣呀！）一片片金铺翠贴。

众（唱）：一桩桩交还尽也，绣幕香车在门外迎接。

一折《痴梦》，她梦到朱买臣派人来接她了，凤冠霞帔，绣幕香车，这就是她曾经百思转千系念的全部。时岁再怎么更迭，没能拥有的执求，还要在梦里痴痴地想。

我最爱的版本，来自昆曲名家张继青老师，因其所唱经典曲目，她亦有"张三梦"的别名。而痴梦，正是"三梦"中的一梦。她的《痴梦》，层次丰富，情感淋漓，从入睡前，到睡梦中，直至梦醒，喜悦、自嘲、梦幻、凄切，她用不同的笑声、神情、身段，以及婉转的腔韵，一一表现，美不胜收。

这样的"梦"，可能真的只能由昆曲的水磨腔缓缓地磨出来，那么细腻，那么真实，可一旦伸出手，触水水断，什么都没有。

她悔了，早悔了，从张家逃离的那一刻，她大抵已经在幻想这梦中的一幕幕。可能连她自己都不知道，这场梦等的不是一个高官，而是一个叫朱买臣的儒生，是曾经共她渡二十年风雨的枕边人。可惜已不能深究，因为深究起来情意就算是真的又如何？到了现在，只能是一场"痴梦"了。

痴人一梦，空念风烟。

昆曲传奇名剧《烂柯山》一共二十七出，作者不详，是明末剧本，清初见演。现在流传下来的大多是折子戏，最常演的是五折串本，包括《吵家》《逼休》《悔嫁》《痴梦》和《泼水》。

悔恨不甘的崔氏得了梦中场景的鼓励，找到今非昔比的朱买臣，想要破镜重圆。但她没有得到梦中的凤冠霞帔，她得到了一杯水，一杯被朱买臣泼洒在地的水。覆水难收，她曾有过的决绝终于被他以这样的方式还击了回来。

崔氏最终投河自尽。我不相信她只是因为羞愧，一定是要有情的，因为寻到了情，以为有了希望，可希望终破碎，她才会选择了这样绝望的路。

而朱买臣，他是决绝相拒了，可谁说决绝就是无情？走到今日，岁月催人老，哪怕有其他情意，他和她除了叹一句命运捉弄，再无他法。

他不敢，不能，也没有办法再回到过去了，但我不信，他不想。

谁人没有呢？

那些意质纷杂的念，那些无法风干的铭记，即使什么也不做，即使是对着斜雨漉草缄诚饮水，也终将落款一番别样滋味在年华里。

想不出使其永恒的法子，于是化了寥廓无际的意象与发丝一齐纠缠存放。发丝不落去，情感不离开，不用刻意地温暄与惊动。草木季季凋零，我在花叶织雨中想着你。

想起的景象是那般净粹的风月，只一架秋千，在樱桃红时孤清地偎立山风。阳光下的秋千影有着泪水似的润，激起浓烈的欲望想要拥抱。于时间的无涯里，绵绵乃意，长久无语。

或许沉默，亦是多言。

毕竟，不是所有过往，都能一笑尘缘了。

仲夏的季节，像一枝蔓，把一颗心缠成了两颗心。

一颗焦灼，一颗守静。一颗憾恨，一颗呼爱。一颗执念，一颗释怀。挣扎。脱力。恰似伏暑狂热蒸发，找不到与自己的和解。

这样的不知所措，安定不下来做事，倒适合傍晚绽霞时，去看一出戏。

怎样的戏都是可以的。当你随着生死掉泪，随着团圆辗然，这人世种种哀乐竟都可遗忘了。回忆的余韵在故事里，在辗转咿呀的腔音里。

我写寂静的，亦写流动的，述悲伤，亦寻欢愉。世间杂事那么多，情绪那么盛，我难以一一悼念。记住的便记住，忘却的，亦忘却。

看戏归来，炎热退却。唯清风入耳。

《思凡》
光阴易过催人老

> 只因俺父好看经，俺娘亲爱念佛，暮
> 祷朝参，每日里在佛殿上烧香供佛。生下
> 我来疾病多，此上，把奴家舍入在空门为
> 尼寄活。

电影《霸王别姬》，程蝶衣几次三番改不了口的那句《思凡》里的唱词"我本是女娇娥，又不是男儿郎"，我愈听愈有种荒凉，好像在看黑白的老故事，连颜色都涂抹了去，此身困在瑟瑟的风里。

异样的念头如鲠在喉，怎么都放不下，于是兴起找来《思凡》的折子，在韵调里哑摸唱词。

色空:(念) 削发为尼实可怜，禅灯一盏伴奴眠。光阴易过催人老，辜负青春美少年。

（白）小尼赵氏，法名色空。自幼在仙桃庵出家，终日烧香念佛；到晚来，孤枕独眠，好不凄凉人也。

（山坡羊牌）小尼姑年方二八，

正青春，被师父削了头发。

每日里，在佛殿上烧香换水，

见几个子弟游戏在山门下。

他把眼儿瞧着咱，

咱把眼儿觑着他。

他与咱，咱共他，

两下里多牵挂。

也不怪赵色空觉着委屈。

嘉妙青春的女子自幼被送到仙桃庵出家，只因父亲爱看经，娘亲爱诵佛，而她自出生就体弱多病，为求保全便托于空门。若庙观清净生活是给了红尘无趣的堪破者，自然两无事。因为他恩怨纠葛见了太多，善的恶的心中早有了称量，没有更多的奢愿与盼，沉潜入清净亦是种落定。

可赵色空不是。

她还未知泱泱世界万千尘事有怎样的姿色无双，不知爱与被爱、伤与被伤是怎样的苦涩而又动情，而当世界笼罩在光里，用思念取代呼吸又是怎般模样。软红十丈林林总总，对于她而言都太陌生。心还未曾死去，怎能让心不动？

一动念，就是百转千回思不断。每日在佛殿上烧香换水，见到几个子弟在山门下游戏，挪不开眼去，恨不得就此扯破袈裟，埋了藏经，弃了木鱼，丢了铙钹。经文里说，由爱故生忧，由爱故生怖，可是此时此刻却那么想忧在风里，怖在雨里，到人间的风雨中去淋漓地游动。

不疯魔不成活呀。哪怕开在朝露初凝的刹那，哪怕开过就谢去不得善终。昙花一现，只为韦陀。

"小尼姑年方二八，正青春，被师父削了头发。"

说不得的委屈都成了妄念痴缠，盘算了又盘算，细软一收，趁着良机逃下山去。她要去结良缘，向佛祖证善果。手中执着的拂尘拂不开寂寞，所有的期许都在未知的人世。万千人中，要遇那一个。

昆曲界素有男怕《夜奔》，女怕《思凡》的说法。如何不怕？这样情欲热烈又清冽的诉意，唱不好便俗。

真见了凡尘，才知其间有怎样的恩怨缠绵。从此就成了一朵盛放的刺青，纹在身体，痛在心上，记了一生。

《思凡》是昆曲《孽海记》中的一折，故事来源于嘉靖年间南曲套数《尼姑下山》和北曲套数《僧家记》。而今全本已失传，留下《思凡》成为不衰的经典。

也幸亏失传，不用再纠缠于之后的结局。

赵色空下山后最终遇见了谁，会有怎样的境遇，我一点都不想知道。我只庆幸，今生今世生而为一介平凡女子，有机会一爱白头。

《绣襦记》
归来必定莲花落

> 世间花叶不相伦，花入金盆叶作尘。
>
> 唯有绿荷红菡萏，卷舒开合任天真。此花
>
> 此叶长相映，翠减红衰愁杀人。

一门心思地阅读，在微雨夜。

读一些亲和无比的字句，初初涉入，便知属于自己。关于人生悲喜的姿态，深入细致到枝枝蔓蔓的小事，教人懂得、放下，直至真正安宁。犹如秉烛照花，守候着苞裂，繁花盛放，持续的欢茂，最后凋零。寂暗里，一幕幕都直指人心。

在文字里安下心来，靠近的焦虑计较便淡了，总有慰藉自我的理由，挨过清漫的岁月。

《南戏十要》有云："第一要事佳；第二要关目好；第三要搬出来好；

第四要按宫商、叶音律;第五要使人易晓;第六要词采;第七要善敷衍,淡处做得浓,闲处做得热闹;第八要各角色分得匀妥;第九要脱套;第十要合世情,关风化。"

大半条目,都是在说剧本的情节文采问题,可见一出好的戏,唱念做打皆是加工后的画面,根基还在文字里。

《李娃传》是我国戏曲剧种中广为搬演的一台剧目,又名《绣襦记》,以唐朝白行简的《李娃传》为底本。川剧本最为知名,越剧则参考《李娃传》和六十种曲《绣襦记》进行改编,并将原名《李亚仙》改为《绣襦记》,京剧版是荀慧生先生的代表作之一。

众芳荟萃,又加上是唐朝的故事,本不应选择昆曲的版本,但传统折子中,"教歌""打子""剔目"有太浓的悲剧意味,我忍不住想去昆曲如梦似长的腔声里寻一丝冲和。

唐朝的民风是最开放的,唐朝的才子也是最风流的。这个风流,还不是那翻翻纨绔的习气,而是做人做事举手投足间张扬的一份洒脱,虽是书生,却没有"书生"二字带来的迂腐陈旧,连别乡赶考都像赏花出游。

郑元和是荥阳刺史郑儋之独子,时逢大比之年,便上京赴试。说是书生赴试,但他这个唐朝的书生,春游曲江池,寻景勾栏院,过得好不惬意自在。勾栏丛中盛百花,他倒是好眼光,一看就看中了名妓李亚仙。

戏曲里，多的是才子佳人，一眼钟情，深浓时分管顾不得身处烟尘迷离中，和世间千万有情人一样，投入地相爱。

离试期尚有段日子，郑元和与李亚仙日日共处，早没了读书的心思。倾心久了，他也忘了当初是否逢场作戏，反正如今能确定，他对她是认真。

李亚仙认的是情，鸨母认的却是钱。床头金尽，任他是荥阳刺史之子，也免不得被扫地出门。李亚仙不是杜十娘，郑元和也不是李甲，有那么好的运气还能与鸨母通融，筹钱为心爱的女子赎身。他是真的被赶出门，不仅是见不到李亚仙，还受到之前投住店家老板娘的驱赶，狼狈落魄，一病不起，沦落到唱挽歌为生。

苟延残喘的郑元和没想到，雪上加霜的竟是遇见了父亲郑儋。计镇华唱的《打子》，一开场，就让人把心含在了嗓子里。"天街马骤与车驰，争听悲歌薤露词"，郑儋也万没想到，中央那个临街歌唱的少年郎竟然是自己寄予厚望的亲子。大家长式的父亲，首要想的不是接他回家，而是气他辱没门风，竟不问缘由也不嘘寒问暖，一气之下几乎将郑和打死。幸好被西肆长救起，虽就此成为乞丐，好歹是拣回了一条命。

郑元和乞讨这折戏，有个很有意思的名字，叫《莲花》，源于他学过的《莲花落》的谱稿。他风雨中颤颤巍巍,凄苦,悲凉,肯定也有过一念悔意。这悔,当他行乞至李亚仙门前时,毫无保留地交传到了亚仙心中。这也是她深爱的男子呀,曾经的白衣翩然,因为她,沾满尘埃。她已经打定主意要无所保留地补偿了。

她用自己二十年的衣食之用为己赎身,另立门户,一心供郑元和读书赴考。

付出得太深,根本没有回头的余地,所以当她伴他读书时,看他分心专注于自己的一双眼眸,一气之下,竟拿起鸾钗剔损了双眼。

那样炽烈——涓涓血流如涌泉,流淌的鲜红一点点滴到人心上,灼蚀出填不了的伤来。

郑元和惭愧不已,努力赴考,后来真的中了状元。而父亲郑儋钦折于李亚仙的大义凛然,同意儿子娶她入门。

结局这样和乐,人人都有了自己的归宿,可我还是觉得有丝丝的哀悲嵌在和美的笑里,让过往一幕幕都看不真切了。

《绣襦记》,另称《烟花镜》。烟火一瞬,镜花水月,名字里其实早有深意。

可我始终以为,最深的意,还在那首《莲花落》的曲子里。

这种花,开在禅语佛心,开花时花姿楚楚,因着花瓣柔美,色泽浮润,不论何处得见,总觉是在深谷渊潭里,浓雾缭绕,遗世独立般的存在。那婵媛的场景，从情感击中情感，只要见过一次，时隔许久仍端端在目。

想起荷花的时候，曾经读到的许多诗句一时竟都想不起，却偏偏记得李义山的一首《赠荷花》。是这样写的吧："世间花叶不相伦，花入金盆叶作尘。唯有绿荷红菡萏，卷舒开合任天真。此花此叶长相映，翠减红衰愁杀人。"

怎不愁煞人呢。这样美好的花与叶，这样没有尊卑之分的一株植物，这样得他垂怜倾爱的生命，却也免不了在疏风骤雨里渐次陨落，渐次衰减。孤莲败荷，晚芳余香，叫人惆怅。

尘世喧杂里有雨，是冷的。光明无染的雨，在江南庭院。一味幽深，温柔不休。是生命里轻巧的际遇，不蕴藏深沉的谋算，不瞒人。轻轻地下，拥抱光阴闲坐的江南。

人人当年江南梦，转眼间就成旧事，细节早已模糊，在水一方留下朦胧谂美的影子。过后想来，也不过闲暇一念。那一番遣怀如此酣畅，滴着青砖黛瓦昏昏地落，皴染为雨中一把锦伞撑开的风景。不为富饶，不为繁华，大抵，为静默。

苏州拙政园有处亭廊，题名听雨轩，轩前一泓清水，芭蕉翠竹前后相映，草木扶疏，情怀雅绝。木雕的窗子正对着芭蕉叶叶心心，临阁松薄绿的景象格致其出。我走过，不舍流连。若是是日有雨，微雨敲窗，雨碎蕉叶，我是绝对不愿离去的。

听雨，定要在庭外遍植芭蕉。雨珠一颗颗落在蕉叶上，声声慢。阅读雨声里旋律宛然的话，不充满咨询与说明，纯粹只是阅读一段闲看往事淡啜茶的时光。

芭蕉雨。

芭蕉天生不能和雨分开。芭蕉不稀珍，雨亦寻常，可是芭蕉雨却荒老天地一般地绿了润了，闲趣风雅充耳可闻，听成了三生石上遗的情。

李之仪写"点滴芭蕉疏雨过"，是挥毫而成的一幅墨色的图，把世事都等闲看，看成了夏日里送凉的微雨，寻常而有律地敲击在蕉叶上。端然大气的气度，原来是这样：白浪洪涛也能赏为细雨湿流光，狂骤疾风中也能安坐如松岩。

吴文英的"纵芭蕉，不雨也飕飕"，没了雨，芭蕉仍在秋愁。就像异客他乡的他，往事似花落水随水流，而他还在一地残红里立着，因惧明月而不敢登楼。

陈与义的"芭蕉急雨三更闹"简直就是一颗父心，听着三更雨打芭蕉不得好眠，可也只是微微嗔怪，一个"闹"字，好甚的宽容与宠爱。

最不能读的，是陆游的《世上》。墙头杨柳知秋早，窗外芭蕉受雨多。世间万物都活成了他眼里的累，人生百年，烟云尘土，他自然是壮志难酬，心中积怨难平，可这样贸然地替芭蕉下了结论，他可知芭蕉也是会不甘心的。

窗外芭蕉受雨多。

受到的雨，若是不觉苦，就当闲庭信步雨打成诗，再多也是怡情。若是觉得苦，亦得自己受着，诉不得怨不得，只能聆听。万物的存在，都有独属于己的命定，如同山风吹夜月，秋水渗云心。起落升浮，没有该或不该，都是生命的一场琴鸣。

总有一天我们都会老去，伤过的心还有痕迹，但早已无疼痛。

我们会忘记曾经的斤斤计较，绝望，晦暗情绪，只一心安静，回想，莞尔微笑。然后，听一场逐梦芭蕉雨。

芭蕉翠色下的雨都渐渐停了，留下心中的莲花缓缓开。

《风筝误》
好事从来由错误

《天童山溪上》

溪水清涟树老苍,行穿溪树踏春阳。

溪深树密无人处,唯有幽花渡水香。

踏,莎,行。

异常的清简与婉约,像淬炼之后的白瓷上那丝丝的开片,冰裂纹中溢出山泉的青涌。每一寸读它的目光都是明净如潭的,让人不自禁就在分秒之间加益了对它的欢喜,并将这欢喜绵延至微微发梢。

一定要是长天拂柳、溪碧融融的春时,三五知己素衣出游。避开了熙攘的人群,闲入山野。破冰的溪涧依山循动,久违的生命开始有了脉气的注入,周遭世界也一并鲜活起来。不似旧辞章里遗落的香,虽美,却滞了,老了,有种在时光里落幕下来的寂寥。而踏莎行，是新生。

是无关浅碧深红的青嫩，是楚辞里的"青莎杂树"，是玉笛陶埙相和而得的古曲，低浑厚重中飘透出清逸。

踏莎行的那人，若为男子，该着青衫或白衣，轩昂磊落，不拘俗节，盛而藏的风度；若为女子，青丝垂腰，眉眼灵净，可以凌寒生叶，无叶生花。若不是这样，就配不得这个"莎"字。

踏莎行，是随意又挑剔的。

但同时，踏莎行，又质朴天真。每一个踏歌而行的人，每一个赏遍春色如许的人，从这片土地的诞生始便有淌在血脉里的渴望，要去春游。它含在曾点对孔子提问的答中：莫春者，春服既成，冠者五六人，童子六七人，浴乎沂，风乎舞雩，咏而归。

一直觉得，曾点其人必有一身朗朗的干净，似水入河，流动不息而波澜不起。

空怀踏春之心的戚友先自然不是曾点，他充其量只算个纨绔子弟，偏偏还有点附庸风雅的习气，趁着春木吐翠的好时日，准备去放风筝。风筝若只图个花样，毕竟单调了些，他要附庸风雅，就得把全套做齐。筝上题诗，是基本的路子。

自己虽腹中无墨，好在还有人帮衬。戚家老爷有一义子韩仲琦，是学富五车的才子，禁不住戚友先的反复央磨，便写了一首诗在风筝上。

一切本只是场游戏，可风来线断，戏就有了转折。

风筝越过墙去，飘落在了詹府，被詹家小姐淑娟拾得。詹淑娟平日里亦爱读书，倒不一定担得起才女的称号，却实有几分诗情。她对诗起意，鬼使神差地在风筝上和诗一首。

她也没想到，这题上自己心情的风筝会被人又索要回去。戚友先遣了家童来求风筝，她诗已下笔，无法消抹，也只能原物归还。

不逢不识，风筝传情，寄托了妙不可言的深意。韩仲琦在书房读到这意，心中有难掩的激漪。

人生中总有这般时刻，说不清欢盛惊喜，一笔一画描不出，可就是觉得难耐，仿佛长长的暗隧中找到了一点光，在逐渐靠近的过程中，心被捏起一点点，提着一口气，像有惊天的大事在等你。

韩仲琦有预感，这诗鹞往来，就是他人生中难再寻的大事。

詹家小姐回的这诗，本是无意，可是落在韩仲琦心上，却成了一番"试才"，他很动心，竟下了面定百年约的决定。

这一次，再不是高山流水偶遇知音，而是有目的的试探。"若非彩线风前落，那得红丝月下牵"，明明白白的表情，却又存了辗转千回的心思，假借戚友先的名，想着若是出了什么差错，还有戚老爷的体面挡在前。

心思千回，清风也百转，导致了一场阴差阳错的《鹞误》。

詹家由詹烈候当家，主母早逝，只有两个姨太太，柳氏和梅氏又分别有个女儿，淑娟貌美才佳，爱娟却是无才的丑女。这次的风筝传诗，没能传到淑娟的手里，而是被爱娟捡到。

爱娟当然不懂什么诗意文华，但是她知道，这是首浅白的情诗，落款是戚家的戚友先，她捡到了，就以为可以冒充是她的，连同那份情好像也可捡来似的。窃自欢喜，拜托奶娘相约月下私会。

【摊破锦地花】惊疑，多应是丑魑魅，将咱魇迷。凭何计，赚出重围？［丑背，指生介］觑着他俊脸娇容，顿使我兴儿加倍！不知他为甚么缘故，再不肯近身？……是了，他从来不曾见过妇人，故此这般腼腆。头一次见蛾眉，难怪他忒腼腆，把头低。［生］小姐，小生闻命而来，忘了舍下一桩大事。方才忽然想起，如坐针毡。今晚且告别，改日再来领教。

这场著名的《惊丑》，丑态连连，笑料百出，却不是关于爱，它关于命运的捉弄，和说不清的人生。

韩仲琦被爱娟的容貌吓到，匆忙逃离。其实他有才且自负，是人世间常见的自私男子，这样的结果，多少也是对他的一点惩戒。

他写几首诗，还托了别人的名，就想交好一个才情小姐，又要求花容月貌，哪有那么好的事。经此挫败，他明确给自己定了求配的"三不可"：一不可听风闻的言语；二不可信流传的笔札；三不可拘泥要娶阀阅名门。

一朝被蛇咬，他是不敢再轻信随风而至的缘。

一段颇具闹剧感的情被暂搁置了。

韩仲琦从此专心苦读，后赴京应试，中了状元，授翰林院修撰，随即被派往蜀边督师，恰巧来到詹烈候率领的军中。詹烈候见韩仲琦一表人才，便央人作伐，欲以二女淑娟配韩生。

韩仲琦可不敢受这好意，事虽已过一段时日，可他还能记起当初自己被那位"二小姐"吓跑的狼狈模样。又不好明着拒绝，只能托口未获得养父同意。詹烈候不知是他托词，立刻致书戚老爷，要求玉成这桩亲事。

韩仲琦不能透露自己见过詹家小姐的事，到底没能驳过养父夸赞淑娟貌美的话，只好接受。大喜之日，结彩张灯，喜气处处，然而韩仲琦却心思沉重，如临深渊。坐在新房中，久久不敢挑起喜帕，直到淑娟母亲柳氏亲来劝说，他才迫不得已揭开盖头。

这次，不再是"惊丑"，而是"诧美"。

看到此处，我很庆幸这是个欢乐的故事，若是沉痛一些悲戚一些，成了山水阔别阴绵情长，还不知那清风舒拂里，小小风筝载不载得动。风筝误，总算没有误了月盈人圆嘉华年，只有悟满相思挂苍苔。漫院青苍，但那心还没老，是窈窕的少年时光，才能有这啼笑姻缘。

但家常的故事，不就该这般吗？大喜大悲都不存在，剩下沙砾般的细细苦乐，磨出漫长人生的光莹结晶、团圆美满。

只是不要忘了爱娟。

她作为这场戏里的丑角，承受了调侃嘲笑，因为误以为前来相会的是戚友先，后央求父母将她嫁至戚家。无才的纨绔子弟配上无才的貌丑小姐，欢喜冤家，又是另一处笑料。

但我还是希望，特意的人物设定，不是为了把一个人作为另一个人辉煌的陪衬与牺牲。这样的衬托，本身就是一种丑陋。

在李渔的《笠翁十种曲》中，《风筝误》是影响最大的一部。

宾白是我国古典戏曲的构成要素之一，指的是通常戏曲所说的"唱念做打"的"念"，即与曲文相对的说话的部分。明代作家徐渭的《南词叙录》中说："唱为主，白为宾，故曰宾白。"中国戏曲理论从来重曲轻白，而李渔却提出了宾白并重的崭新理论，把宾白的地位大大提高，《风筝误》就是其代表之一。

风影无意惊扰人，好在情缘注定，都入了戏。

我不愿做个戏中人，更愿意回到最初的踏莎行，一览光阴的梦，与回忆一起成为珍藏。

喜欢到诗里踏景寻芳，觅一颗春心。每一个字都溢漫着春暖花开，一份诗意里便有一份春意，宛如岁月无心栽的柳，一徘徊就荫荫成碧。

所以读王安石《天童山溪上》，总觉树亦活色，水亦生香：

溪水清涟树老苍，行穿溪树踏春阳。

溪深树密无人处，唯有幽花渡水香。

就让时光停在这，山重水远跋涉的赴会都不要了，只要这溪水清涟树木老苍，只愿在天地悠悠的无人处让幽花伴我，可以倚香醉憩，平宁心安。

而想来，人生种种困厄灾悯，修达至无事的境地，其实就是一句心安。当心安了下来，计较的便少了，看烟水化尘也觉得自有禅机。不再过多地干预自然而然的发生，信奉人事之后的天命。总为一些微渺之物所打动。知晓自己没有固力，亦不去抵抗那些催引潸然的情衷。让泪水淌过，涤清眼眸，鉴照出一段更为嫣然的流光。

踏莎行是对岁月的不弃不负。

每一场筵席都有散时，只有春光，年复一年地回访，仿佛是对厌倦流年无常之人的无声告慰。开过的花还会再开，烟云渺去的爱恨终如大浪淘沙，撇掉无关紧要的人事，只留下今生避不开的缘，兜兜转转又相遇。

人间有情，时光葱茏。那么，就在踏莎行的路途中，许下这样的誓愿：

愿每一株草木都蕃美在天空下，善心留存，光阴无碍。

《白罗衫》
风里雨前一盏灯

> 真相的拨开并不是全剧高潮所在，
> 它真正的高潮是当情与义站在遥遥的、
> 不可调和的两地，而个体生命站在中间
> 时，生命的无奈、痛苦与艰难抉择……

是太偶然的一件事。翔实的时间与经过都有些模糊，但那日想必晴好，尘务不萦心，沏了微温的水在身侧，就着阳光，进入一个无花不欢的世界。

这款樱花蜜茶，我几乎霎时就被她蕴在身体里的用心打动。从未用过"她"字去写一款茶或是一款蜜，但她，我必须得用。否则，对不起那不亚于女子体态的美，和郁馥的柔情。

柔情，我喜欢这个词，一读就好像桃花坠水般地潋滟。它不是弱的软的，是青丝缕缕，缠缠绵绵又韧韧。

泡开在水中的樱花才真是美，舒漫自得，清粉清嘉，仿佛是谁多情潸然落下的泪，落下后杳无音信了几千年，而今归来，再无一丝丝枯陨伤悲的情绪。

来年若得缘，就采来鲜樱，亲自酿一罐蜜，把花色与春风都留在身边。

去花市，邂逅株株蓬勃朗裕的植物。花市比不得其他的集市，没有繁华锦饰，但同时亦剔去伪装与喧嬉。植物不必乖顺讨好，一径立在原地坦露本性，要爱它的自会爱，它只需等着那个人就好。相较于往来随波的人，自由得多。

赏心不过两三枝，有时，却并非是因为不爱。只是不敢用心太杂，怕爱不过来。对于深爱的事物，宁可不诉诸于口，默默地喜着爱着，望着怜着。

那么今日，只接回两株植物好了。一株月季，一株茉莉，一株殷红，一株素白。深浅对峙，静艳共存。

在这样安和无言的时刻，终于可以不说花开，只欣赏。让流动的香带走一身埃尘。

这感受，叫人着迷。欲罢不能。

齐邦媛在《巨流河》里写道，灾难是无法比较的，对每个受苦的人，他的灾难都是最大的。

从《警世通言·苏知县罗衫再合》，到昆曲《白罗衫》，一个人，一场戏。爱怨恩仇，看戏的人内心再是跌宕起伏，也替代不了半分的苦。

忝中乡魁的徐继祖才十八岁，在奶公的陪同下上京应试，赶至涿州地界，偶遇村口汲水的妇人，便前去讨了口水喝。

她夫家姓苏，丈夫早逝，儿子苏云十八载初登进士，赴任兰溪知县，却就此与儿媳音信全无。她等了又等，盼了又盼，过了十八年依然行踪无处寻。

陌路老少相逢于这井边，他听了这席话，有一种莫名的义气上心头，竟许诺此番若高中，就将她接来府中当作嫡亲祖母般奉养，哪怕不得意，也要帮忙寻找她亲人下落。

当初苏云离家，有白云罗两匹，制成男女衫，女衫分予儿媳，男衫因不小心被灯煤烧坏，恐有不吉，便留于家中。苏老夫人将这白罗男衫交给徐继祖，以之为凭信。

徐继祖启程赶路，顺利赴试，且夺冠春闱。官袍加身，那个稚嫩青年摇身一变就成了八府巡按。他没有忘记对苏老夫人的承诺。在南京城内贴出告示，希望有人能来认领那件白罗衫。

"尼僧无意一句话，巡按有心访仙家。"徐继祖无意中闻听，城外紫金庵内的女师父似有一件白罗衫，于是上门寻访。

但这位女师父好生奇怪，遮遮掩掩，言辞间多有隐瞒。如今的徐继祖已非初出茅庐的少年，初入宦海，有了几分沉敛，判断与决策，一番对答下就已作出，假借与观音问答，语出双关，有意试探。情难再忍的女尼终于道出真相。

她本是儒门千金，嫁予苏云，那一年随夫赴任兰溪，月黑风高，孤舟夜行，涛谷浪尖竟遭遇了水盗，苏云丧命，而贼人欲占苏氏，亏得一个好心仆人将其灌醉，放走了她。风雨逃生中，她诞下婴孩，眼看盗贼快要追来，只得忍痛弃了孩子，而她被庵观收留，兜兜转转到了此处。

《白罗衫》改编自明代《罗衫记》。据说，这是一出有头无尾的残本，现仅存一折《看状》，而我通常看的，是石小梅版的四折全本，《井遇》《庵会》《看状》以及《诘父》。

得知苏夫人经历的徐继祖升堂办案，让苏夫人写了状书前来告官。可是他万万没想到，一场普通的"看状"，却看出了他人生里的惊天变故。

状纸上写着"一门家眷，尽被强徒徐能谋害"，而徐能，正是他父亲的名字。惊疑之下，想起看着自己长大的奶公，终于问出事情的另一半真相——徐继祖便是苏夫人丢弃的婴孩，被贼人徐能抚养长大。

诘父，正是徐继祖知道自己认贼作父后情感的崩裂。

他怎不恨。一直都以为，自己是丧母孩儿身世凄凉，但幸有慈父似爹亦娘，在他心中，徐能一直以来做的都是一个亲父做的事，可是真相却那般残忍，他不但不是他的生身父亲，甚至是害死他父亲、逼她母亲削发为尼的罪魁祸首。

可是恨里，到底是有情在的，养育之恩亦无法消抹。两难抉择中，他备下酒席邀徐能赴宴。真相如摆置于桌的烈酒，烧灼在两人心里。

徐能终究得死去，好在不是由徐继祖亲手杀他，而是徐能羞愤难当，自行了断。这可能已是这出戏所能做到的最大慈悲。

悲剧入心，情怀入骨。有些事，好像怎么改都改不了。以至于分明是惩恶扬善的好结局，却到底看得不是滋味。

世事仍熙攘，戏外已悄声。

戏间种种，也许过如眉痕烟散，可现境里那些在生命中真实烙下的般般过往，却往往难以抉择取舍，肆意落幕。

譬如儿时背诵的诗歌，像是缠着记忆滋长的藤蔓，你葱茏时它亦葱茏，你枯萎凋寂，它仍旧长青不谢。不似年岁渐长后的记忆，即使是有心，也养不出那番茂盛来了。

关于凉州词，我头一句能想起的便是"葡萄美酒夜光杯"。小时背这一句，内心极为波动。葡萄吃过，美酒喝过，可是，夜光杯是什么呀？夜光杯，它在一颗童心里有多美。是在对黑暗的恐惧中撕破翳障而投入的那一握光，映着瞳眸熠熠地闪烁，比星辰四布的夜空还要明亮。

后来偶然一次玩耍，竟在柜子里找出一个盒子。那时还在用老式的实木柜子，高高大大，下层是外开的木质推门，上层是用推拉玻璃做的移门，专门用来搁置杂物。我至今仍记得盒子就放在柜子的右侧边缘处，和其他一些物件一起重叠搁放，一推开玻璃就能看到。

而那对夜光杯就静静躺在盒子里。

说来也奇，并不知夜光杯究竟是何模样的我，当打开那个盒子，看到那两只酒杯时自然地就生出一个念头，笃定认可这就是夜光杯。不向长辈询问，也不查找资料验证，一认定就记了这么多年。

这杯子是别人送给爷爷的，我是多年后从奶奶那里得知。忽然之间我与它更添亲切，夜光杯似不仅是夜光杯，想到它，就会同时想到爷爷。

其实细细说起来，我许多第一次厚实深刻的回忆都与他有关，他教我认字，教我写字，教我念诗，甚至，教我认识死亡。在我有限的记忆中，他一直都是心思极为细腻的人，会把一些旧的废弃盒子拆开，剪裁为一张张的纸板，在白色的一面用笔墨画好田字格，写下字来教我。有单个字的，也有成语、词组一类的。他的字写得极好，时而用毛笔，时而用钢笔，笔锋分明而又飘逸。我一直遗憾未曾传得他的好字，好像人生里就此失落了什么。

我有时也觉得奇怪，与他相关的记忆我似乎能巨细靡遗地写下来。他还在世的那些年，明明是我最年少不更事的岁月，多少旧事都折损在零落的春秋里，忆不起。但偏偏关于他的那些，零落成泥中我就是能掘出一丝香，仿佛前缘未了。

他去世时，我初初根本不能相信，分明几日前还曾探望过病重的他，屡瘦枯槁，可真实存在着。这样真实存在着的人，却说不在就不在了，我只有不停地流泪——唯有用流泪，才可倾泻一个几岁孩子的哀伤与无助。

而今想起他来，鲜少再流泪了，像落日后的长河，静水深流，缄默怀念。

那对夜光杯，后来搬家时送了人，我事后知晓也不再去强执寻回。

曾经的鲜活都将化为齑粉掩于尘土。原来这就是成长，一程一程地迎接未来与告别过去。在失了那些重要的人事后，你总要学着放下重袱再次启程。一世的离合悲欢那样盛，如果全部担负，终会被压得喘不过气来。记忆的淡忘，是时间的残忍又仁慈。

如果死亡是那样的必然，如果遗失是那样的必然，又何必执着地去求去留。只要你的心还在，爱还在，他与它也就一直在。

　　就让短暂的短暂，让长久的长久，烟火一瞬，古刹千年，那些不能强求的事兴许可以顺意为自我的看开。谁都不是自由的，唯思想与情感是自由的。

《荆钗记》
佩珠鸾鸣不漫夸

> 钗，是古代女子的一种鬓中饰物，由两股
> 簪子合缀而成，也因此，它成为一种寄情的表物。
> 古时恋人赠别，女子会将佩戴的钗一分为二，
> 一半赠予对方，一半自留，待到重逢之日再相合。

若不是那天风日晴好，人来中只有喜气而不见燥气，我不会心念一动买下这幅画。

说是画，并不准确，只是一幅精致的剪纸，妥帖地粘在象牙白的缎布上，镶了轴，卷成了启览见心意的图。

异常细腻的刀工，剪出花鬟欲燃仕女模样。一朵娇鲜的女子，青磊的花骨依约盛放，流年往来中何等的风致。中国古代的美人，有很明晰的标准。乌发蝉鬓，青黛峨眉，眸盈秋水，肤若凝脂。白居易还说了，樱桃樊素口，杨柳小蛮腰。那是他的两个至美姬妾，

樊素小口润泽如樱桃，小蛮腰肢不堪一握似杨柳。

杨柳细腰可以通过瘦身而达到，樱桃小口则是要点的。点绛唇讲的便是女子临妆台点樱桃的妙事。

梁朝江淹曾写"白雪凝琼貌，明珠点绛唇"，因而有了"点绛唇"的词牌名。绛色是娆绯如丹的颜色，女子持有口脂，用时以小指轻挑，点染在唇上。北朝贾思勰《齐民要术》里记有"合面脂法"：用牛髓。（牛髓少者，用牛脂和之。若无髓，空用脂亦得也。）温酒浸丁香、藿香两种。（浸法如煎泽法。）煎法亦同合泽，亦著青蒿以发色。绵滤，著瓷、漆盏中令凝。若做唇脂者，以熟朱和之，清油裹之。

这样的口脂制出来，不仅有色，还有香。丁香、藿香还不够，甘松香、苜蓿香、白檀香、苏合香等等都是昔日使用过的香料，共有十几种。

用颜香并存的口脂装扮，扮出的妆容费得心思深，不仅仅是为美了，有些讨巧与乖顺，羞赧与娇妍，应是为了爱情。

这爱情，是水天一色澄明，是潮洄的情愫恋恋不忍去。再是烦冗、旖旎、艳烈，也逐不走一场宿命的跟定，一帜山水共赴的清明。

相较于云烟过眼的浮靡奢华，钱玉莲的身份背景自有一种清清淡淡的好。父亲钱流行曾在鸿门，忝考贡元，家中庐舍得以蔽风雨，田园足以供衣食，轻松就能缀上一个"书香门第"的雅号，富逸同时，丝毫没有朱门红墙高高在上的优越感。钱流行前妻早逝，只留下玉莲这样一个女儿，她的终身他必定要细细考量。

选中的人，却不是什么富甲一方的贵公子，而是穷书生王十朋。王十朋幼年丧父，家道清贫，与母亲姚氏相依为命。按照世俗的标准，他算不得什么好归宿，家有牵挂，前途亦是渺茫。但钱流行偏偏看中了他的聪慧好学、为人正派，权衡再三，认为他会是一个好的依托，于是请了好友许将仕到王家商议，欲定下这门亲事。

姻缘是好姻缘，只是依照礼数，王家得出聘礼，奈何实在家贫清介，并无金银之财。王十朋正为难时，母亲姚氏递给他一根荆钗。

钗，是古代女子的一种鬓中饰物，由两股簪子合缀而成，也因此，它成为一种寄情的表物。古时恋人赠别，女子会将佩戴的钗一分为二，一半赠予对方，一半自留，待到重逢之日再相合。

倒不失为许聘传情的好物。只是荆钗为木制，算不得贵重，就连王十朋自己也觉得这传送的情意被生生打了折扣，拿不出手。一旁的许将仕看出他的窘迫，笑说，昔日汉梁鸿聘孟光女，尚用此钗，如今老安人，亦用此钗，岂非达古之家。

这话，虽是解围之辞，却能看出风度，以及钱家提亲的诚意来。姚氏心安不少，王十朋的疑虑也淡了许多。

既得父母命，又有媒妁言，这按理该平顺无碍的亲事，却无端生出些乱子来。

当地富豪孙汝权竟也挑了这时段来向玉莲提亲，赠有金凤钗一对，压茶银四十两，样样成双，件件成对，昌盛的聘礼让玉莲的继母心起贪婪，王家给的那根黄杨木头再看不入眼。她规劝玉莲，要她嫁到孙家。

玉莲不惊不怒，她只答，既是爹爹做主，愿受荆钗。

这份坚持，好多戏本里的都有过，大多无疾而终，她胜在运气好，父亲与她一条战线，又当家做主，继母再想逼迫也是不合情顺理的。但到底不甘心，冷嘲热讽一句，无分荣华，合该受穷。

玉莲也平静地接过话来，雪里梅花甘冷淡，羞随红叶嫁东风。

她娇娥志洁，甘居清淡，今日随口一言，却不是自夸。说了，那就是自己给自己立的约，不能负的。

红叶有情，不悔初衷。就像千年前那个寂寞深宫的女子，她知悉情意无端，写下字句在单薄霜叶之上，将不知所谓的悸动注进脉络，燃红一片心。殷勤谢红叶，好去到人间。

这样的殷殷切切，人世之间，一定是盼着谁的，所以写下的字句，冥冥中总有人会来读。不知所谓的悸动，带着莫名的迷惘四下奔窜，再嗅入他的鼻间。

御水日日东流，读到的人却只他一个。想来，是前世，是因果。

【锦衣香】夫性聪，才堪重．妇有容，德堪重。天生美质奇才，彩鸾丹凤。(小生接唱)自惭非比汉梁鸿。何当富室，配着孤穷。(接唱)念妾亦非孟光，奉椿庭适事名公。(合)前世曾欢共，把蓝田玉种，夫和妇睦，琴调瑟弄。

好在，无由的坚持博得了一个知心的人。她的善因，此时初见端倪，已足够让她欣喜了。

王十朋也欣喜。他本无意攀附高门亲事，可当时钱贡元的授意那般低谦诚恳，他没见过钱家小姐，完全是被这个老丈人给打动的。可如今见到钱玉莲，她已是他的妻，这样知礼节，识大体，富室配孤穷，丝毫没有埋怨，一心一意做起荆钗布裙妇。

他一介寒门书生，唯有努力科考才对得起她的相待。

婚后半载，试期来临，王十朋同许多寒门士子一样，别家上京应试。她虽有离情万千，亦得放手。

分别的戏，一定要有誓言。真假另算，但不说，似乎怎么也不放心。

王十朋的誓言很简单，贫贱不能移，富贵心不变，守糟糠，偕老百年。誓言都简单，因为话语最是轻飘，你有心，才能守成真。

发榜之日，王十朋才知自己高中状元，被授予江西饶州金判的职位。突来的惊喜他还未及与家中妻母分享，便受到丞相万俟卨的召见。

万俟卨膝下有一小女，见王十朋才貌俱佳，欲招他为婿。这熟悉的戏码，只要犹豫那一下，就成了一出陈世美的故事，王十朋没有犹豫，他回说，老太师不弃寒微，本应遵从，怎奈家有寒妻，不敢从命。

万俟卨暗示他，此举乃是他爱才之意，他若不通事务，前程也难保。

富易交，贵易妻，这似乎已成了人之常情。但王十朋偏就是固执，连委婉都不要了，明白地拒绝。

万俟卨堂堂宰相，三朝元老，如今却被这初入官场的小儿打了脸，自是恼羞成怒，他命人将王十朋改调广东潮阳边远之所，又令王十朋在京等候，命书下达前不准离京。王十朋无法，只得修书一封让信使替他送回家。

怎料曾提亲钱家的富豪孙汝权也在京参考，听闻王十朋高中，心中愤愤，寄信时恰遇带着王十朋家书的信使，他偷看了十朋的家书，发现信的内容是接家眷。他想着若是真让王十朋接了家眷，那他惦记钱玉莲的事就成不了了，于是心生一计，改家书为休书。

家中未得半点音讯的钱玉莲心急如焚，可又不敢表现，怕姚氏更添担忧。正在这时，王十朋的书信由京中发至，她本喜不自禁，却读到他金榜高中，入赘万俟府，要她改嫁的言语。

信不信那还在其次，关键是孙汝权回来后，又找到她的继母要娶玉莲。继母本就属意孙家，担保一定让玉莲改嫁。

她被锁在绣房，等闻得锣鼓声重时，孙家已花轿临门。

本欲三尺白绫保全清白，可想到如今真相未明，又不敢死去，从窗户逃出，想先寻婆婆姚氏商议。

夜色骇人，她孤身一女子，还要躲避孙钱两家的追踪，慌乱之间来到了瓯江江畔。正待寻路转回，寻她的人却就在附近追逼，她如今是前无去路，后无退路。

唯有这纵身一跃，能解她的难。

那水袖滚滚，江水滔滔，已是下了必死的决心，但还有不舍，那根荆钗，是他予她的定情，纵死，她也要用青丝一缕系牢，伴她黄泉。

演到这一步，不能再高涨了，一定得低下来，要么就以死结束，要么就和美团圆。荆钗还在，团圆的结局已是注定。

投江的玉莲被新任福建安抚钱载和救起，怜她经历，收为义女带至任所。钱载和有心帮她，特地派人去往饶州寻王十朋。但戏亦是无巧不成，新任饶州太守也姓王，到任不久便病故，打探的差使回来告知，她误以为他已死，悲痛欲绝。直到五年后，王十朋调任吉安太守，而钱载和升任两广巡抚，赴任途中路过吉安府，王十朋前去码头拜谒，故事才像断线重系，得以圆满。

《荆钗记》是南戏剧本，在所有离别苦的人物里，已算是幸运。毕竟台上台下，残缺圆满，哪一段感情不如此？

情时有情苦。

爱情不要有誓言，若有了，便要偿还。抵命都是小事，怕只怕遗了心，活着也像死去，再也没了我爱你与你无关的洒迈。因为誓言是双向的。自由的爱情不要一切山盟与海誓，但要贴着俗世生活的脊背，合体裁衣。不强求谁，不苛刻谁，日子淌过，爱便随流。

闲时亦学习自制口脂。把剪碎的紫草放入橄榄油中，上锅蒸出颜色后过滤，加入蜂蜡与猪油熬制调和软硬，出锅后装入牡丹花样的小瓷盒中。若正值花季，大可摘来新鲜芳香的花与之同蒸，香幽不散，即使存来玩赏不用也是好的。

只是点绛唇的她或她，点染的嫣美似乎从来不是为了一盏闲情。

千秋万世，红颜薄命。真实的美人都成了红尘里的浪花，复一日地拍打着靠不了的岸，遍遍拍打遍遍疼。不如做千轴万卷，画中美人，眼波盈盈里笑看人世。即使有伤悲，泪落了，也只是落成眉间朱砂，一点，便映山红。

《占花魁》
从今收拾闲留恋

五月端二日,即去年失慧卿之日也。
日远日疏,即欲如去年之别,亦不可得。
伤心哉!行吟小斋,忽成商调。安得大
喉咙人,顺风唱入玉耳耶?

闲时找了几首曲子,但未来得及一一细听,只存放了起来。过
了几日,依次加入播放列表,听至某一首时蓦然间竟有醉梦不愿醒
来的错幻。似不激荡,亦不纯美,有絮杂纷沓的心事掩映在清声里,
但又恰若月夜笙歌,青荇低徊于水下,看见一潭碧玉未琢的心。

沉迷中听完整曲,查看了名字——花间梦事。

难怪。

这样一听便独众出离的音乐,只适合人与花隐约相望于两侧,
雨露不惊,蝶翼不扰,似人来过又即刻离去,但走开又忍不住梦回。

说不出的魔力。

"花间梦事"是王俊雄先生制作的书香音乐系列《花间梦事》专辑中的同名曲子，古意含蓄，梦境绮丽，声声把清音吟成一曲浪漫。分明是梦中的景，斜光到晓穿朱户，洒在稳厚的梨木桌上，溅起一屋江南的青烟。心也要酽酽地醉。

书香音乐系列的曲子太多，我一时听不完全，只凭着直觉挑选了部分。桂花落，花非花，今夜伴花眠……都有柔情万种。

我总对带"花"的事物有一种"拣爱"——拣尽寒枝不肯栖，不是花开的那一株坚决不停留。这世上若无花，我一定活得艰难。

这是回首三生的情意。没有夏生冬死的壮烈情节，只是在已见模糊的年月，遇见，欢喜。那欢喜告诉我，就是它，足以牵动心底所有的深婉。有如一切细水长流感情的传统版本，心中怯怯柔软着，一开篇便料想到了结局。

这种感觉是缠绵悱恻的，哪怕你爱过一个人，都不能真正明了。非得把一颗心跳动进天地山川的血脉，以活热激引活热，以肌肤贴近肌肤，才能明白这般自然与我无二的因缘。

落花溅泪，茂盛欢颜，是最古典的温柔。

爱花爱到想与之共老，在烛之烬尽、蚕之丝断时。像是荷萍擎盖折枯，唯留清宁一水，寂寂地守着落寞。"守"，也不是什么惊心动魄后的归于平静，始终这样春含舒碧，谦和莞尔，从初阳升，到夕阳落。你见过这样的人吗？一直静立一方，或在水之涘，或在水之湄。

若有一个庭院，定要让藤蔓四溢，笑满一壁花墙。茶褐色的泥土淡淡有清香，叶的味道，花的味道，凉风逸散，味道与味道在光阴之中相逢。然后，闻着它老去。

爱花爱到不欲拥有，只愿能与知己分享。可以不用养植，也可以不要庭院。去散步，深入花丛木间，看到的每一朵我都发自真心地喜爱。人世间那么多种花，每一种花又有散布天涯的那么多朵，终我一生，能看到多少种花？一种花中又能看到或近或远的哪一朵？我的一生如此有限，却在这有限的一生中得以遇见千千万万中小概率的缘分。于是，看见花，我便感恩。

花的姿态像人的性格，世间没有两个相同的人，世间没有两朵相同的花。梨花初带夜月，海棠半含朝雨，芦花折来赠远，红杏闹起春意。花事是在幽谷长风中啸吟成的，一片雾白的宽袖扫荡过平原、密林、山丘，生命的灵动来往穿梭。起初临摹的只是春天的帖，却在奔跑间挽住了四季的书韵，行云流水，遂成全了四季花开。

要是真的爱花，还要花开连同花谢一起爱。像是锦鸿托书的婚盟，贫富相伴患难与共。

凋落的花向来安静，不对这世间有过多的惊扰——惊扰是份情债，它害怕担。花开，因为对时光有恩要还，无保留地把香佩别在时光的襟前。还完后便轻解兰舟，就此远游。因此花落的姿态是潇洒的，是醉酒赋诗的风流、仗剑天涯的豪情。我从不伤感，反更迷恋。

烟淡云微，人生别样是情怀。花朵有情，人亦有情，花有残缺，人月不常圆。

三生桃花绘成扇。猩红的血，揉碎的情，都在那扇影里潋滟成花，花瓣一片一片落，花蕊里却还寄着无限的春意。

她是西湖畔的一枝花，迎风招展半面香，却反衬得身世凄凉。可是哪怕失意风尘女的故事在这个戏台上演了太多，第一次在《湖楼》里听到秦钟唱"从今收拾闲留恋，教我无限春心托杜鹃"，我还是忍不住对这个背景老旧的故事产生了期待。

他也叫秦钟，却不是《红楼梦》里秦可卿的弟弟，他只是一个普通卖油郎，某日行经西湖，遇到了王美娘。

如今已没有人记得，西湖名妓王美娘，她曾是官宦女莘瑶琴，因为战争在南逃途中与父母失散，被骗入娼门。生活从此天翻地覆，但过着过着，她已经习惯了这风尘酸楚。每日里迎来送往，见多了王孙公子，她不会知道有一个男人为她惊叹思慕，在西湖畔苦候流连。

苦候的人，正是秦钟。他翌日便停了生意，等在西湖边，就为了能再见佳人一面，可之后再没遇见过她。直至有一日到湖畔酒楼独酌，才从按摩师口中探知她竟是临安第一名妓王美娘。

他惋惜叹怜，又实在想再见她一面，决心积蓄一年到勾栏院里寻她。

这样的缘由开端，已足见诚意。

这一日，美娘陪伴俞太尉游湖，秦钟又一次上门不得见，幸而经鸨母王九妈允许，留下等美娘归来。他在美娘卧房的外间客座，由王九妈陪同小酌。四壁书册，一屏冷玉，绮榻碧窗，莘瑶琴已远去了，但从这些雅物里还能窥见王美娘的一点不俗心。

秦钟一等就等至半夜。等来的这折戏，名为"受吐"，是在旁的本子里难见的戏路。

归来的美娘酩酊大醉，困倦不堪，不久便睡倒在榻。秦钟没有让九妈叫醒她，他为她盖被，为她暖茶，她呕吐，他受吐，她呼茶，他送茶。

守护在她身边，即使没有为之积攒一年的"春宵一刻"，他也觉得价值千金。

不知她在醉梦里是否安然欣慰。她失了一个官家小姐的身份，却遇见一个待她坦荡真诚的男人。

真心相见，因而"种缘"。

这"缘"现今还只是小小的芽，她把他的忠厚心意栽植心底，就差一场阳光雨露就能大树参天。

戏曲有这样的慈悲，说有光就有光。不过半年光景，美娘遭受万俟公子的欺辱，一时间身世辛酸悲从中来，隆冬大雪纷飞，她一气之下投了湖——当然得了秦钟的搭救。感佩在怀只需一瞬，她终于自赎从良，与秦钟比翼人间。

《占花魁》是清初戏曲作家李玉的剧本，改编自冯梦龙编纂的《醒世恒言》里的故事。冯梦龙的"三言"为戏曲故事提供了无数的底本，而他自己的故事，却要在戏台之外寻。

侯慧卿的名字比不得秦淮八艳，那么亮，那么鲜然，随手一泼墨成了画。只是艳虽艳了，扳指一数却仍有空洞的残缺。像是柳如是，誓死随明不降清，与钱谦益约好投水，临到头时钱谦益却"谢以不能"，她只能独自赴死成全自己铮拔的气节。又如卞玉京，与吴梅村两心相交，她借着酒醉向他表明心迹，吴梅村却趑趄犹疑，装作不懂，生生辜负了这一腔坦率的爱意。

但同样是青楼名妓，她却遇上一个冯梦龙，被他痴痴记了一生，且字里行间不吝笔墨地植下了她的影子。

她遇上他的时候，他已是"早岁才华众所惊"，出了名的才子。只是才子似乎都有着相同的遭遇，白衣卿相，科举不第，于是转身便只有逍遥艳冶场，游戏烟花里。

烟花里的女子那么多，千娇百媚，但万紫千红中入了他眼的，进了他心的，唯独侯慧卿一个。

不见得慧卿有多美，他后来在《醒世恒言》里不也说了吗，世人大多眼孔浅显，只见皮相，未见骨相。可知不是庸常的男子。他曾问她，卿辈阅人多矣，方寸得无乱乎？她是这样答的，不也，我曹胸中，自有考案一张……何乱之有？

在他眼里，妓分三类，下乘者一味淫贪，不知心为何物者，其次有心可乱，犹是中庸，最难得的便是有心而不乱，如侯慧卿。

她竟是这样的女子，欢场之中见惯了声色，却守着一颗本心。她心里有一张桌，镇得住所有浮浅单薄，便是诱惑再盛也挪不动分毫。

冯梦龙是陷进去了。对这样的侯慧卿只说了一句，余叹美久之。

但冯梦龙忘了，她再是有心不乱，却已看多了人情世事，心中早是主意坚定，不是单纯追寻爱恋的女子。相较于普通人家的女孩，她更加渴望安定，不再想过这种缥缈浮华的生活，而能把身安在一蔬一饭的俗世里。

那时候的冯梦龙，出入风月，无正事可依，绝非侯慧卿从良的好选择。

她还是从他的生活中走了出去。现实不是戏，即使一波三折，结局一定花好月圆。现实多的是坎坷跨不过，别离泪满怀。

他兴许还是有些怨与不甘的，但没能敌过对她的爱与思念。她可以狠狠心去寻适合自己的归宿，他却停在原地把旧事一遍遍温习。

"子犹自失慧卿，遂绝青楼之好"，一个"绝"字，那般的笃定与坚决。没了侯慧卿，冯梦龙就好像再不是以前的冯梦龙。

他弃了所有的风流放诞，把自己与烟花之地隔离开去，将所有的感情诉诸笔端。写下来的字句都成了花，一朵一朵开得好不寂寞。

分别的第二年，他就写了这样的话："隔年，宛似隔世悬……相思四季都尝遍。"

心有所忆谓之意呀。一日三秋，一年隔世，没了爱就罢了，没了爱却还存着思念，原来可以把时间都变作煎熬。

在散曲《端二忆别序》中，他写道："五月端二日，即去年失慧卿之日也。日远日疏，即欲如去年之别，亦不可得。伤心哉！行吟小斋，忽成商调。安得大喉咙人，顺风唱入玉耳耶？呛！年年有端二，岁岁无慧卿，何必人言愁，我始欲愁也！"

从今往后真是再过不得端阳。这样艾香米糯的节日，心里满满都是寂寥的回忆。节日一年又一年地回还，他想念的她却再不得见。

他忆侯慧卿，写诗三十首，末尾一首是这样写的：

诗狂酒癖总休论，病里时时昼掩门。

最是一生凄绝处，鸳鸯冢上欲招魂。

他的相思，只能成疾，才算是寻到了合适的去所。叫人眼泪要
夺眶的，却莫若一句"最是一生凄绝处"。

冯梦龙这一生，文学成就可堪卓越，他的"三言"世人皆知，
又力无所遗地对小说、戏曲、民歌等多种通俗文学进行创作、搜集
与整理，建造了一个斑斓的文学世界。事事皆顺意了。唯独早年间
的这份爱情，奉上了整颗心，最后犹如风过，只留下一个轻轻的慨叹，
纳在他孤清的袖口。

多希望不能陪伴一生的就不要出现在生命里，而不似他对她，
这样执妄的深情，却不过是长长人生中偶然一逢。

除了自己记得，早被遗忘在岁月里。

《墙头马上》
隔墙传诗抛红豆

《红豆》

红豆生南国，春来发几枝。

愿君多采撷，此物最相思。

九月入秋，清风里舒心贴意地凉，是炎夏遍寻不得的爽利。按理而言，应如女子落妆之后的素颜汤汤，赏目舒惬，水泽里见汪洋大气。菊花、黄叶皆应时应景，一径寡淡，有顺时节的般配。唯独有一物，脂粉香冶，软媚幽袅，并不守这秋日方圆规矩。

是红豆相思子。

红豆约莫在四、五月开花，九、十月成熟。徐霞客在他的游记里这样记叙："相思豆树高三四丈，有荚如皂荚而细，每枝四五荚，如攒一处，长一寸而大仅如指。子三四粒缀荚中，冬间荚老裂为两片，盘缩如花朵，子犹不落。其子如豆之细者而扁，色如点朱，珊瑚不能比其彩也。余索得合许。"给了我这样一种在文字里读出生命悸动的煽情来。

红豆生南国，春来发几枝。愿君多采撷，此物最相思。

是王维的诗让人入了相思，可是要人牵肠挂肚甚至窃去了心魂的却不是它。"玲珑骰子安红豆，入骨相思知不知"，到了这一句，才真正是心如刀割。

温庭筠的句子，向来这般团扇斜鬟，花间旖旎，写情入了三分骨，直接击中在心尖上。说不分明的情愫像欲泪而涩的眼眸。

红豆的手链我常常备有，总是买时贪恋一时的心动，喜欢那剔透莹莹的色泽，鲜红欲滴的美好隐喻，但买来，几乎是不戴的。收敛在饰物盒中，连看上一眼的机会都不多。只有偶尔翻找他物，或是整理饰物，才会于不经意间瞥到它。

擦肩而过的一眼，总是看得惊心。被遗忘的事物若被长久遗忘也就罢了，最难便是这般，以为忘了之时又倏然呈现眼前，像啜下一口酽茶，香浓里有不尽的苦。

清苦，情苦。

而该遇的情，该受的苦，正在那春天的路上。

在李千金的眼中，不知怎的，洛阳又一季的春景也如她自身般，

有些消瘦了。庭院飞着的花絮,池塘泛起的清波,好是一幅动人美景,
她本握着观赏的笔可以随意描摹,却偏偏不知如何着色。

丫鬟梅香不怜她的楚楚怨,只好奇问她,那堂上的屏风中一男
子弹琴,一女子帘后偷看,是个什么故事。她说,那是司马相如在
弹奏《凤求凰》给卓文君。梅香偷偷地笑,小姐,我看你有些像那
画上的卓文君。她却答,不像。梅香不解。她说,哪来的司马相如啊。

仅这一句回答,她似乎自己也惊懂了自己的哀绵。青春觉醒时,
看着韶光,是该想到爱情的。只是她不仅是想到,她还要说出来:

我若还招得个风流女婿,怎肯教费工夫学画远山眉。宁可教银
缸高照,锦帐低垂;菡萏花深鸳并宿,梧桐枝隐凤双栖。这千金良夜,
一刻春宵,谁管我衾单枕独数更长,则这半床锦褥枉呼作鸳鸯被。

多年关闭的窗一打开,春光就陆续来了。

想来她该是父母的掌上珠眼中月,连取名都以"千金"相唤,
论起门户来,虽说她父亲现今被谪为洛阳总管,但他们李家仍算是
唐氏宗亲,名门阀阅。她李千金身为一个大户人家的小姐,却没有
一般千金的讲究与顾忌,有些话,那看美景思良辰的杜丽娘百思千
想含在口端,就是不敢说出来,但她敢。

杜丽娘百思千想时，她的良人在梦里。李千金的良人却正赶来赴这未言的约。

工部尚书裴行俭，受皇命收集奇花异草，但体弱乏力，无法亲自料理，于是委托儿子裴少俊替他前去洛阳购买一批幼苗。这个裴少俊，三岁能言，五岁识字，七岁草字如云，十岁吟诗应口，才貌两全，又出生高门，才子的要素他占了个全，做派便少不得。

他到洛阳这日，正是上巳佳节，依照洛阳的传统，家家出门看花，他赶了这趟喜气，扬鞭策马漫走在洛阳的街道上，好不惬意。

李千金也想出门看花，却被父亲制止了，他知道这个女儿反叛无束，生怕她做出些有损大家千金名声的事来，于是叫了身边的嬷嬷看住她，不让她出家门。李千金无可奈何，排遣幽怨到了后园，见一株春花浪漫伸出墙头，她灵机一动，和梅香踩着高石，也学春花探出墙外，一览盛景。

这一览，览的可不止盛景。墙外裴少俊正打马而过，望进她眼中全是初见的好，他骑一匹骏马，乌靴宝蹬，玉带束腰，翩翩佳公子的风流气韵一下子就出来了，她怀春少女，缱绻心事，根本无法抵挡，以为是神仙下了凡，全然不是人间的艳冶。

戏曲中的一见钟情总是那么叫人难忘，眼神流转间把情意都言尽了。

但对于身在情意中的人，眼神是远远不够的。

裴：只疑身在武陵游，流水桃花隔岸羞。

咫尺刘郎肠已断，为谁含笑倚墙头。

李：深闺拘束暂闲游，手拈青梅半掩羞。

莫负后园今夜约，月移初上柳梢头。

两首诗，还不只是诗情画意，有一颗相思的种子已种在了梦端。恍惚似梦，太美好的相遇都有过类似的不真切，武陵人远桃花近，眼看着这朵桃花近在咫尺，忽就有了胆子，月上梢头相约在花园里。

各人各命，因而幽会的故事从来结局不一。这一秒，我还在为被嬷嬷撞见的少女儿郎攥紧了心，下一秒，李千金已经央求着和裴少俊逃出了家。

同样的勇气，我只能想到"红拂夜奔"，但红拂女好歹沦为歌妓，经历寥落，她不过尝到一点心事缱绻的甜头，就敢抛了过往十余年的娇，一心一意和这个不明身份的少年郎去挣一份爱情的体面。自信至此，凭的全然是鲜意的青春，都让人不忍心责怪。

她的体面，离了洛阳后，落地生根在长安裴宅的后花园里，一长便是七年。

得了一双儿女，儿子端端六岁，女儿重阳四岁，好似真的过上了出嫁后的日子，相夫教子。只是除却一双儿女是真，她并无一场光明的婚嫁，也不能理直气壮称一声夫。

甚至连裴家父母都不曾知道她与孩子的存在，认真算来，都只能说句"藏娇"。

直到这年清明，裴少俊与母亲去郊外祭奠，裴尚书赢惧风寒留在家里，到园中散步时正遇上两个嬉耍的孩童，这才让事情有了摆在明面上的机会。

可是这明面，也不过是一次明箭伤人的痛楚。聘则为妻奔则妾，她肯定知道，只是当初为了爱情不管不顾，哪想得如今却被它伤得再无翻身之地。就因为这高门大户的原则和父母的羞辱嫌弃，裴少俊真就写下了休书，留下孩子弃了她。

而她孤子一人回到洛阳，父母已逝，满目成空。

白朴的《墙头马上》，胎源于白居易的《井底引银瓶》。

妾弄青梅凭短墙，君骑白马傍垂杨。

墙头马上遥相顾，一见知君即断肠。

白居易的长篇叙事诗，讲述了与爱人私奔女子被弃的故事，银瓶沉井玉簪折，凄凉的结局，熔铸在字里行间。白朴或许也对此有所不忍，因而改悲为喜。

裴少俊心中牵念李千金，考得状元后上任洛阳，找到李千金求得谅解，裴家父母也终于接纳了她。

此后的故事，都不过是人情苍老。只回头想一想当初，那样的年轻与无畏，李千金心里的红豆相思，必是比任何人都鲜艳，那是凝在她心头的一滴血，不老不谙，点燃了她的整个青春。

红豆的红，是入了相思。

不为情所困的人可以不在意，有相思如鲠在喉的男女却敏感无比。我熬红豆粥，随意撒一把豆子，觉得是烹煮生火的俗世情意。情人不行，见不得相思之物，熬不得红豆一镬。一熬，就熬成了缠绵的伤口，反反复复好不了，清冷一缕仿佛王菲的声线。

红豆的相思可以很江南。

柔声似水，清歌泛舟。如上好的萱色花绢裁成衣裳着于身，随时都觉春意覆体，和风满面。它叫人好似身处嘉兴南湖中的烟雨楼，空空蒙蒙中听得一个绵情的声音在吟哦着张尧同的诗句："一声长笛晚，人在倚楼时。"

红豆的相思亦可以很妖冶。

她在轻花落老树的屋前，斜望苍苔上泛起的日光。染了唇，描了黛，眼神是碧丝冉冉的湖，安谧时，冷静空远，一有风动，则碎开粼粼满满的光。

只是，无论温柔抑或艳情，相思都要等。等到石烂海枯未有悔。

你来，或不来，我都在这。

相思与戏，都属于那些不带目的性的物事。喜欢不带目的性的物事，仿佛生命是风车，在水冷光阴里悠悠转。

那日，去听薛仁明先生讲"先听中国音乐，再做中国学问"，说到唯音乐是最直指内心，可以在世人用眼用耳、用手用脑获取芜杂的知识与信息时，重获用心感受物事的能力。这样清淡如水的交流，简明间破析生命最原初的智慧。我静静听了两个小时，觉出一番风日洒然、光明爽朗的滋味来。

回程时已入夜，不期然地就下起了雨，风里夹杂雨丝隐约透出几分凉气。街上几乎无人，偶尔有车驶过，亦无大的声息。天地宁静得似只余了我，步子轻稳而快逸，想不出这欢喜从何来。

路旁的刺槐随雨落了一地花，嫣红被涤淡，铺陈出满径的柔软。

这样的时刻，可遇而不可求——把自己禅定成时空里的一丝风，一片雨，甚至一地落英，没有意象与意象间的情感差异，只有抛去万忧的冲和，以及与物事相亲的喜悦。

曾经有一段时间，每遇一首好歌，或是一本好书，总想去找到与之相仿的同类，寻不同的法子痴痴地求。因为舍不得结束。后来渐渐明白了，遇见的那些好，那些滞留在心上的感受，是再找不到类似的了。第一次爱人的感受，与晚晴白首的温柔，总在细微间就相去甚远。

岁月常变，因而感受常新。

世间事，多像一组组的设问与回答。某一处风月不明所诱发的懊恼，不知何时就会在一溪的潺潺中得到顺解。浓烈往事，终被写录，关阖，清谧于一隅。我们都成为见证。

风月的曼妙，在于即使喧哗，亦有种天光恰好的斑斓。

大雁因时而有来往迁徙，人在四季轮循中终于学会不离偎依。

愿你愿我，都能在这尘世间与时光欢喜相见。